# Y Jaguar Glas Tywyll

gan

Elgan Philip Davies

Cyhoeddwyd gan y Ganolfan Astudiaethau Addysg, Aberystwyth
(www.caa.aber.ac.uk)

Noddwyd gan Lywodraeth Cynulliad Cymru.

ISBN: 978-1-84521-324-4

Golygwyd gan Delyth Ifan
Llun y clawr gan James Field
Dyluniwyd gan Richard Huw Pritchard
Argraffwyd gan Y Lolfa

# 1

Hysbyseb yn y papur lleol ddechreuodd y cyfan. Ro'n i'n ddigon hapus i dreulio gwylie'r haf yn chware pŵl am yn ail â chware criced, chware golff a mynd i'r pwll nofio, ond roedd gan rywun arall syniade gwahanol.

'Dwyt ti ddim yn mynd i dreulio'r haf yn gwneud dim byd ond chware pŵl, chware criced, chware golff a mynd i'r pwll nofio,' medde Mam un amser cinio, ac nid am y tro cynta chwaith. 'Ma'n rhaid i ti gael gwaith.' Ro'n i wedi clywed hynny o'r blaen hefyd. 'A dwi wedi gweld yr union beth i ti.' Ond dyna'r tro cynta i fi glywed hynny.

'Gwyliau Gwyllt,' medde hi, gan daflu rhifyn yr wythnos honno o'r *Dyfed Leader* ar draws y bwrdd.

Cydiais yn y papur a gweld y cylch coch roedd hi wedi ei dynnu o gwmpas un o'r hysbysebion. Roedd Gwyliau Gwyllt yn chwilio am 'berson brwdfrydig i gynnal gweithgareddau gwallgof ar gyfer plant rhwng saith a deg mlwydd oed'.

'Rwyt ti'n berson brwdfrydig,' medde hi, gan godi llwyaid o'r gymysgedd ddeiet ddiweddara o'i phlât.

Ydw. Am chware pŵl, chware criced, chware golff a mynd i'r pwll nofio.

'Ac yn dod ymlaen yn iawn gyda phlant.'

Dim ond am ei bod hi yn erbyn y gyfraith eu bwydo nhw i gŵn.

'Dyna'r union waith i ti.'

Allen i ddim meddwl am ddim byd gwaeth.

'Wel, beth wyt ti'n feddwl?'

Doedd dim pwynt dweud wrthi beth ro'n i'n feddwl. Ry'n ni'n dadle digon fel ma hi, ac ro'n i ar fin dweud, 'Feddylia i amdano' neu 'Gawn ni weld' – ti'n gwybod, y math o beth fydde dy rieni'n arfer dweud wrthot ti pan fyddet ti'n gofyn am gael ci yn anrheg Nadolig – pan welais i hysbyseb arall ar y dudalen.

'Wel?' gofynnodd hi 'to, gan godi llwyaid arall o'r plât.

'Ie, ma'n swnio'n ddiddorol iawn,' medde fi, gan godi o'r bwrdd. 'Falle a' i i gael gair 'da nhw.'

A dyna pryd y tagodd hi ar ei ffa a'i hwmws.

Roedd hi'n dal i beswch pan adewais y tŷ.

# 2

Do'n i erioed wedi sylwi ar y swyddfa o'r blaen. Ma'n rhyfedd sut rwyt ti'n gallu byw yn yr un lle drwy dy fywyd a dysgu rhywbeth newydd amdano ar ôl yr holl flynyddoedd. Wel, dwi'n dweud yr holl flynyddoedd, ond dim ond un deg chwech ohonyn nhw sy mewn gwirionedd. Dyna yw fy oedran, un ar bymtheg, a dwi wedi byw pob un ohonyn nhw yn y dref yma, ac fe fydda i yma am ddwy arall hefyd fwy na thebyg, nes bydda i'n mynd i'r coleg i ddilyn cwrs chwaraeon.

Ond gan mai newydd orffen arholiade TGAU o'n i, roedd digon o amser 'to cyn dechre meddwl am lenwi ffurflenni UCAS a benthyca arian. Yn y cyfamser, a finne'n gorfod cadw Mam yn dawel drwy chwilio am waith dros wylie'r haf, dyna lle'r o'n i'n edrych i fyny ar ffenest swyddfa Margam Powell, Gwasanaeth Ymholi Personol, ac yn meddwl sut ar y ddaear nad o'n i wedi sylwi arni o'r blaen.

Efallai mai'r rheswm oedd am ei bod hi uwchben siop flode, ond fwy na thebyg roedd gyda'r 'Gwasanaeth Ymholi Personol' yna rywbeth i'w wneud ag e. Ac oni bai 'mod i wedi gweld rhaglen ar S4C ychydig cyn hynny am rywun yng Nghaerdydd a oedd yn rhedeg busnes 'gwasanaeth ymholi personol', fwy na thebyg fydden i'n dal ddim tamaid callach heddiw. Petai'n dweud 'Ditectif Preifat', ma'n siŵr y bydden i wedi sylwi ar y swyddfa ymhell cyn hynny, siop flode neu beidio.

Ond os nad oedd 'gwasanaeth ymholi personol' yn clecian ar y tafod, roedd enw'r ymholydd personol, Margam Powell, yn llawer mwy addawol.

Margam Powell – Cyfaill Cyfiawnder!

Margam Powell – Gelyn Dihirod!

Margam Powell!

Yn bendant roedd e'n enw a allai sefyll ysgwydd yn ysgwydd â Philip Marlowe, Lew Archer a Sam Spade gyda balchder. Ac onid actor o'r enw Dick *Powell* oedd wedi chware rhan Philip Marlowe yn y ffilm *Farewell, My Lovely*? Ma'n rhaid fod hynny'n arwydd da.

Ac roedd Margam Powell yn chwilio am rywun i'w gynorthwyo gyda'i waith o gadw strydoedd gwael ein tref yn lân ac yn ddiogel ar gyfer gwragedd a phlant. Nid dyna union eiriad yr hysbyseb yn y papur, a swydd dros dro yn unig oedd hi, ond ma darllen rhwng y llinelle'n rhan bwysig o waith ditectif, ac ro'n i, Gethin Evans, eisoes yn bencampwr ar hynny.

Ro'n i wedi cael copi o'r ffurflen gais o'r Ganolfan Waith yr un diwrnod ag y gwelais i'r hysbyseb yn y *Dyfed Leader*, a dyma fi nawr, wythnos yn ddiweddarach, yn gwthio'r drws ar agor ac yn dringo'r grisie fesul dwy.

# 3

'Nawr 'te,' medde fe, gan wthio'i sbectol yn uwch i fyny ar ei drwyn. 'Ychydig o wybodaeth amdanot ti i lenwi ychydig ar sgerbwd dy ffurflen gais.'

'Peidiwch mynd i drafferth,' medde fi, gan gredu'n gryf erbyn hynny mai camgymeriad oedd y cyfan.

'Na, na, mae'n rhaid gwneud pethau'n iawn. Ry'ch chi bobl ifanc yn llawer rhy ffwrdd â hi. Nawr 'te, addysg?'

Ac am y deng munud nesa dyma fi'n datgelu llawer gormod o wybodaeth amdana i fy hun i Margam Powell.

Ie, Margam Powell yw'r dyn gyda'r sbectol. A na, dyw e ddim yn edrych fel llawer o arwr: pum troedfedd a hanner yn ei sgidie du, sgleiniog; corff byr, pen cul a gwallt brown tene, a'r cyfan yn edrych fel pin mewn papur mewn siwt lwyd ole, fel gwleidydd nad oedd wedi gwneud diwrnod caled o waith yn ei fywyd, fel bydde 'nhad-cu yn ei ddweud yn aml – wel, bob tro y bydde fe'n gweld gwleidydd ar y teledu, a dweud y gwir.

Beth bynnag, doedd e'n bendant ddim byd tebyg i fy syniad i o dditectif, a dyna pam ro'n i'n barod i ailystyried gyrfa gyda Gwyliau Gwyllt. Ond roedd yn rhaid i fi ateb ei gwestiyne gynta, ac wedyn, er mwyn bod yn gwrtais, fe ofynnais i ambell i gwestiwn iddo fe.

'Y'ch chi'n gwneud *stakeouts*?'

'Nac ydw.'

'Y'ch chi'n gwneud gwaith *bodyguard*?'

'Nac ydw.'

'Y'ch chi'n mynd *undercover*?'

'Nac ydw.'

'Y'ch chi'n gofalu am lunie, diemwnte neu ...'

'Nac ydw.'

'Y'ch chi ...?'

'Nac ydw.'

A dyna ddiwedd ar 'y nghwestiyne.

Yna roedd yn rhaid i fi eistedd yn dawel tra oedd e'n ailddarllen 'y nghais. Ro'n i'n meddwl tybed pa fath o waith *roedd* Margam Powell, Gwasanaeth Ymholi Personol, yn ei wneud pan ganodd y ffôn yn sydyn a gwneud i fi neidio.

Estynnodd y ditectif amdano'n ddigyffro. 'Prynhawn da. Margam Powell, Gwasanaeth Ymholi Personol. Sut alla i eich helpu?'

Roedd yn rhaid i fi gyfadde ei fod e'n swnio'n broffesiynol iawn ac yn siŵr o dawelu meddwl pwy bynnag oedd ar ben arall y ffôn a gwneud iddyn nhw deimlo'u bod nhw mewn dwylo diogel.

Roedd ei ymddygiad hefyd yr un mor broffesiynol, ac ar ôl gwrando ar yr alwad am ychydig fe gododd o'i gadair a dweud, 'Arhoswch funud, mae rhywun arall gyda fi fan hyn; fe gymera i'r alwad yn yr ystafell arall.' A gyda 'Bydda i 'nôl nawr' tawel dros ei ysgwydd fe ddiflannodd i'r ystafell drws nesa.

Eisteddais yno fel delw yn gwrando ar ei lais aneglur yn siarad ar y ffôn, ond ar ôl rhai munude codais gyda'r bwriad o adael cyn iddo ddod 'nôl. Ond roedd gan y dyn ormod o wybodaeth amdana i i fi allu gwneud hynny â chydwybod gwbl dawel.

Cerddais o gwmpas yr ystafell. Doedd hi ddim yn edrych fel swyddfa ditectif preifat. Ble'r oedd y posteri o ddihirod, y tylle bwled yn y wal, a'r poteli chwisgi gwag? Ond wedyn, beth wydden i am dditectifs? Ar wahân i'r hyn ro'n i wedi ei ddarllen mewn llyfre a'i weld mewn ffilmie, dim. Llai na dim, fel roedd Margam Powell newydd ei brofi.

Cerddais mewn cylch arall o gwmpas yr ystafell a dod yn ôl at y ddesg.

Ar yr ochr dde iddi roedd cwpwrdd ffeilie tal. Cydiais yn nolen y drâr uchaf a'i thynnu, ond roedd e ar glo. Roedd Margam Powell yn ddyn gofalus iawn; yn cadw'i ffeilie i gyd dan glo.

Wel, bron i gyd.

Ar y ddesg roedd rhyw hanner dwsin ohonyn nhw mewn pentwr bychan, taclus. Sbeciais drwyddyn nhw gan ddarllen yr hyn oedd wedi ei ysgrifennu mewn llawysgrifen dene, gywir, ar y cloriau: Jones vs Jones; Apêl Morrisons (3); Llys y Frân; Achosion Llys yr Ynadon 25/3-9/7; Datblygiad Maes Arthur. Diddorol iawn, ma'n siŵr, ond o dipyn mwy o ddiddordeb i fi oedd sylwi ei fod e wedi gadael fy ffurflen gais ar y ddesg. Petawn i'n ei chymryd a gadael cyn iddo ddod 'nôl, fydde fe ddim tamaid callach pwy o'n i.

Ond daeth 'Iawn, fe ffonia i chi 'nôl ymhen yr awr' clir o'r ochr arall i'r drws a phrin digon o amser oedd gyda fi i ddychwelyd i'r gadair cyn iddo ailymddangos.

'Mae'n ddrwg gen i, Mr Evans,' meddai, gan eistedd i lawr y tu ôl i'r ddesg. Tynnodd ei law ar hyd ymyl y ffeilie; roedden nhw i gyd mewn llinell syth, yn union fel roedd ef wedi 'u gadael nhw. Ro'n i wedi gwneud yn siŵr o hynny. 'Ond fel yna mae hi yn y gwaith yma; mae ar rywun angen cymorth drwy'r amser a'r ffôn yn canu drwy'r amser. Ac fel rheolwr swyddfa, byddai delio â'r galwadau hynny yn rhan o'ch dyletswyddau. Petaech chi'n cael cynnig y swydd, wrth gwrs. Ateb y ffôn, nodi negeseuon, trefnu cyfweliadau – gwaith cyffredinol gofalu am y swyddfa yn ogystal â throsglwyddo'r ffeiliau i'r system gyfrifiadurol. Ond,' ac edrychodd unwaith 'to ar fy ffurflen gais, 'dwi'n gweld nad oes gyda chi brofiad blaenorol o weithio mewn swyddfa.'

'Nagoes.'

'Nac o gadw cofnodion ariannol.'

'Nagoes.'

'Na chymhwyster teipio.'

'Nagoes.'

'Na llaw fer.'

'Na, ma'r ddwy yr un hyd,' gan eu dal nhw lan iddo gael gweld.

Edrychodd arna i'n hir ar ôl hynny cyn ochneidio ychydig a dweud, 'Ie, wel mae yna un neu ddau arall wedi dangos diddordeb yn y swydd ac er tegwch fe fydd yn rhaid i fi eu gweld nhw hefyd.'

Cododd ar ei draed ac fe sefais inne.

'Wel, diolch yn fawr iawn i chi am ddangos diddordeb, Mr Evans. Fe ddylech chi glywed cyn diwedd yr wythnos.'

'Y'ch chi eisie fy rhif ffôn?'

'Na, mae e gen i'n barod,' a thaflodd edrychiad cyflym ar fy ffurflen.

''Dyw e ddim ar y ffurflen,' medde fi.

'Popeth yn iawn, Mr Evans, fe anfonwn ni lythyr.'

Ac allan â fi, fy ngyrfa fel ditectif wedi gorffen cyn iddi ddechre.

# 4

'Hei! Watsia lle ti'n mynd!'

'Sori, ond ti oedd yn cerdded heb edrych ble o't ti'n mynd.'

'Hy! Paid rhoi'r bai arna i!'

'Popeth yn iawn, Jackie?'

Pwysai'r dyn ar draws sêt flaen y car, Jaguar XK glas tywyll, ei wyneb tuag i fyny, yn ymdrechu i edrych allan drwy'r ffenest agosa at y pafin arna i a'r ferch wrth ddrws swyddfa Margam Powell.

'Ydy, dim ond rhyw lembo sy ddim yn edrych ble mae e'n mynd.'

'Watsia lle ti'n mynd,' medde'r dyn wrtha i yn ei lais awdurdodol gore. Ond ac ynte'n lled-orwedd ar draws sêt flaen y car a'r gwaed yn rhuthro i'w wyneb tew, roedd e'n edrych mor awdurdodol â physgodyn mewn padell ffrio.

Sefais yno yn dweud ac yn gwneud dim. Hynny yw, dim ar wahân i edrych ar y ferch yn esgyn y grisie ro'n i newydd 'u disgyn. Dan amgylchiade gwahanol fe fydden i wedi dangos mwy o ddiddordeb ynddi: gwallt gole, corff siapus, coese brown, a phwy fydde wedi gweld bai arna i? Hyd yn oed os oedd hi bum mlynedd (o leia) yn hŷn na fi. Ond gyda'i thad yn dal i drio'i ore i'n seico i mas, penderfynais mai cerdded i ffwrdd a 'mhen yn uchel fydde ore.

Tri metr ymhellach i fyny'r palmant a dyma'r Jaguar yn gyrru heibio. Arhosais nes iddo droi i'r chwith ar bwys y goleuade traffig cyn croesi'r stryd a gwneud fy ffordd yn ôl i Gaffi Tapini sy yn union gyferbyn â swyddfa Margam Powell.

Roedd y bwrdd wrth y ffenest yn wag. Prynais gan o *Coke* a mynd i eistedd wrtho yn wynebu'r stryd a meddwl am bris Jaguar XK newydd sbon, ysgrifenyddese, a chyflog rheolwr swyddfa Margam Powell, Gwasanaeth Ymholi Personol.

Hanner awr yn ddiweddarach ro'n i'n dal i feddwl amdanyn nhw ac wedi dod yn agos at ambell gasgliad ond yn dal i fod â nifer o fylche heb 'u llenwi. Ond os allen i ...

'Wyt ti wedi gorffen?'

Codais 'y mhen a gweld y ferch oedd wedi gwerthu'r ddiod i fi hanner awr ynghynt yn sefyll yno.

'Odw.'

Cymerodd y can ond arhosodd yno.

'Wyt ti eisie rhywbeth arall?'

Siglais 'y mhen. 'Nadw,' a throais 'nôl i edrych allan drwy'r ffenest.

'Ond rwyt ti'n mynd i barhau i eistedd fan'na, wyt ti?' gofynnodd yn flin.

Edrychais arni 'to. Roedd hi'n ifancach na Jackie, yn agosach at fy oedran i. Roedd ei gwallt bron yr un lliw â gwallt Jackie, a gydag ychydig o wythnose o wneud dim byd ond gorwedd yn yr haul, bydde'i chroen yr un lliw hefyd. Ond heb liw haul edrychai'r ferch yn flinedig. Ma'n siŵr ei bod hi wedi bod yno ers wyth o'r gloch y bore yn gwneud coffi, golchi llestri a sychu byrdde, ac yn dibynnu fwy ar dips cwsmeriaid na haelioni'r perchennog am ei chyflog.

'Allen i gael can arall, plîs?' a thwriais yn 'y mhoced am arian.

'Bydd rhaid i ti ddod i'r cownter i dalu,' medde hi, gan adael.

Codais o'r gadair a thaflu cipolwg arall drwy'r ffenest, jyst mewn pryd i weld Jackie'n dod allan o'r adeilad gyferbyn yn gwenu o glust i glust ac yn siarad pymtheg i'r dwsin ar ei ffôn.

Es at y cownter, talu gyda darn dwybunt a rhoi'r newid yn y ddysgl oedd yno ar gyfer tips. Troais yn ôl am y bwrdd ond roedd rhywun arall yn eistedd yno. Arhosais wrth y cownter yn yfed fy niod.

Funud yn ddiweddarach dyma'r Jaguar glas tywyll yn ymddangos ac yn aros yn ymyl Jackie. Dringodd hi i mewn iddo a gyrrodd y car i ffwrdd. Ond arhosais i yno i yfed gweddill y *Coke* a meddwl ychydig yn fwy am Jaguar XK newydd sbon, ysgrifenyddese, a chyflog rheolwr swyddfa Margam Powell, Gwasanaeth Ymholi Personol, nes ei bod hi'n amser i fi fynd i ddal y bws am adre.

# 5

Aeth pythefnos heibio a chlywais i ddim byd gan Margam Powell, ond i fod yn gadarnhaol, do'n i ddim wedi clywed dim gan Gwyliau Gwyllt chwaith. Roedd hynny'n haws ei dderbyn gan nad o'n i wedi cysylltu â nhw yn y lle cynta.

Ro'n i wedi cael dau ddiwrnod o waith gyda Jim Harris, perchennog Cool Pool, – dwi'n gwybod, dwi'n gwybod, ond ddim fi ddewisodd yr enw – yn paentio ochr yr adeilad a oedd yn wynebu'r ffordd fawr ond roedd hwnnw wedi gorffen ddoe. A heddiw roedd Mam ar fy ôl i unwaith 'to yn bygwth torri fy arian poced (£5.50c yr wythnos) os na ddo'n i o hyd i rywbeth arall cyn bo hir.

Roedd hi'n sefyllfa ddifrifol. Heb arian sut allen i fwynhau'r gwylie? Ma hyd yn oed gêm o pŵl yn costio a doedd Jim ddim yn gostwng ei brisie i neb, hyd yn oed pobl oedd yn ei helpu i beintio'r lle. A bwrw am adre ar ôl gêm gyda'r bechgyn o'n i y prynhawn hwnnw pan welais i'r Jaguar XK glas tywyll am y tro cynta ers fy ymweliad â swyddfa Margam Powell.

Ma sawl bws yn rhedeg heibio'n stryd ni; rhai yn uniongyrchol o'r orsaf, rhai yn mynd mewn cylch o gwmpas y dre, tra bod eraill yn mynd igam-ogam hanner-ffordd-rownd-y-byd cyn cyrraedd. Ac ar yr olaf o'r rhain, y 303, o'n i pan welais i'r Jaguar glas tywyll.

Rhaid ei fod e wedi bod yn gyrru'n union o flaen y bws a bod hwnnw wedi gorfod arafu am fod y car am droi i'r chwith o'r ffordd fawr i Lôn y Mynydd. Ac wrth i'r car adael y ffordd fawr sylwais i arno fe. Dim ond ei ochr chwith a'i gefn welais i, felly allen i ddim dweud pwy oedd yn ei yrru, ond yn bendant yr un car oedd e.

Ro'n i'n dal yn bell o adre ond neidiais o'r bws wrth yr arhosfan nesa. Doedd dim pwynt rhuthro 'nôl a cheisio dilyn y Jaguar; roedd gen i syniad go dda i ble roedd e'n mynd beth bynnag. Rheswm dros fynd 'nôl yno oedd ei angen arna i, a phan sylweddolais 'mod i ond rhyw dair stryd i ffwrdd o'r llyfrgell gyhoeddus, roedd gen i un.

Ro'n i'n ymwelydd cyson â'r llyfrgell ac wedi bod ers blynyddoedd. Dyna lle y des i ar draws Philip Marlowe, Sam Spade, Lew Archer ac eraill gynta a mwynhau eu cwmni'n fawr.

'Helô, Gethin,' meddai Megan Williams pan es i mewn drwy'r drws, yn union fel y bydde hi'n ei wneud bob tro.

Roedd Megan wedi bod yn gweithio yno ers pan dwi'n cofio ac yn gwybod ble i gael hyd i bob math o wybodaeth. Ma rhai'n tyngu wrth Google, ond dwi'n tyngu wrth Megan, a oedd wedi bod yn help mawr i fi gyda 'ngwaith ysgol ar hyd y blynyddoedd, o gyweithie'r ysgol gynradd i ffolderi TGAU. Dwi ddim yn gwybod pwy ddwedodd mai llyfrgellydd oedd y peiriant chwilio gwreiddiol, ond roedd e yn llygad ei le.

'Helô,' medde fi, gan bwyso ar y cownter pren gole. 'Odi'r Lawrence Block newydd wedi dod mewn 'to?'

'Odi, ond dwi'n credu ei fod e mas ar hyd o bryd.'

'Gyda pwy?'

'Dere mlaen, ti'n gwybod yn iawn nad yw'r Ddeddf Amddiffyn Data yn caniatáu i fi ddweud wrthot ti pwy sy'n benthyca beth.'

'T.A., O.S., 21, 86 neu 100? Ma'n siŵr y gallwch chi ddweud hynny wrtha i.'

Ry'n ni sy'n darllen nofele ditectif yn eu darllen nhw wrth y dunnell ac yn aml yn anghofio pa rai ry'n ni wedi'u darllen. Er mwyn osgoi eu darllen nhw am yr eildro, ma rhai'n rhoi rhyw farc bach yng nghefn y llyfre, neu gylch o gwmpas rhif tudalen arbennig. T.A., O.S., 21, 86 a 100 yw 'mhrif gystadleuwyr am lyfre Lawrence Block, awdur llyfre am Bernie Rhodenbarr, Mathew Scudder ac Evan Tanner.

Gwenodd Megan ac oedi am eiliad neu ddwy cyn dweud, '86.'

'O, Mr Johnson, 86 Ffordd yr Eglwys,' medde fi'n ddi-hid.

'Shwd wyt ti'n gwybod hynny?' gofynnodd, a'i llygaid fel soseri, yn ofni 'mod i wedi torri un neu fwy o'r deddfe Gwarchod Data, Rhyddid Gwybodaeth neu Hawliau Dynol.

Ond do'n i ddim yn barod i ddatgelu 'nullie, ddim hyd yn

oed wrth Megan, a chyn iddi gael cyfle i bwyso am ateb daeth rhywun arall at y cownter a gofyn am wybodaeth am grochenwaith Abertawe. Manteisiais ar 'y nghyfle i gydio mewn dyrnaid da o'r taflenni a gadael.

# 6

Nawr dwi'n gwybod dy fod ti'n gofyn, 'Taflenni, pa daflenni? Dyma'r cynta dwi 'di clywed unrhyw beth am daflenni!' Wel os wnei di fod yn amyneddgar am funud neu ddwy fe ddweda i wrthot ti pa daflenni; ond cyn hynny dwi am sôn ychydig am Lôn y Mynydd.

Tan ryw bum mlynedd 'nôl doedd Lôn y Mynydd yn ddim byd ond llwybr cul, caregog, a oedd yn arwain i'r mynydd. Ma Tad-cu yn dal i sôn am yr amser pan fydde fe a'i ffrindie'n mynd lan i'r mynydd i chware. Bydden nhw'n treulio pob haf yno o fore tan nos a'u rhieni'n poeni dim amdanyn nhw. Weithie fe fydden nhw'n mynd dros y mynydd i'r cwm nesa i gael gêm o griced yn erbyn y bechgyn oedd yn byw yno ac yn cael amser da iawn.

Ie, dwi'n gwybod; ma'n siŵr bod gyda dy dad-cu dithe storïe tebyg, ac os wyt ti fel fi, dwyt ti ddim yn gwybod p'un ai eu credu nhw neu beidio. Ma'r byd wedi newid, bydd dy dad-cu'n ei ddweud a rhyw olwg bell yn ei lygaid, ac rwyt tithe'n dweud, dan dy anadl, 'Diolch byth am hynny.'

Ond beth bynnag am y byd, ma Lôn y Mynydd yn bendant *wedi* newid. Fel dwedais i, bum mlynedd yn ôl dim ond llwybr cul, caregog yn arwain i'r mynydd oedd yno, ond nawr, ugain o dai gwerth hanner miliwn o bunnoedd yr un sy yno. Ma'r llwybr cyhoeddus dros y mynydd yn dal yno, ar ôl i ti basio'r tŷ olaf, ond gwell i ti beidio llusgo dy draed wrth ei ddilyn, neu bydd y Neighbourhood Watch eisie cymryd sampl o dy DNA.

A dyna pam roedd y taflenni gyda fi. Ti'n gweld, do'n i ddim wedi anghofio amdanyn nhw! Doedden nhw'n ddim byd pwysig, dim ond rhaglen gweithgaredde haf y Ganolfan Hamdden, ac ro'n i'n meddwl y bydde'n syniad da i drigolion Lôn y Mynydd gael gwybod sut ma'r cyngor yn gwario'u trethi. Hefyd, gyda nhw yn fy llaw roedd gen i rwydd hynt i gerdded yn hamddenol at ddrws ffrynt bob tŷ yn chwilio am y Jaguar glas tywyll heb i unrhyw un edrych ddwywaith arna i. Os nad wyt ti'n 'y nghredu i, gofynna i Bernie a'r bois; dyna'r math o beth maen nhw'n ei wneud drwy'r amser.

Iawn, rho eiliad i fi dynnu 'mysedd drwy 'ngwallt a gwthio cwt 'y nghrys i mewn ac fe fydda i gyda ti.

# 7

Roedd y tri thŷ cynta'n wastraff amser llwyr, heb yr un car i'w weld yn unman, dim ond sŵn y sbrinclers yn poeri dŵr ar draws y lawntie llydan gwyrdd o dan haul crasboeth y prynhawn. Gwir, fe allai'r Jaguar fod wedi gadael cyn i fi gyrraedd 'nôl o'r llyfrgell, ond rywsut do'n i ddim yn credu hynny; roedd rhywbeth yn dweud wrtha i ei fod e'n dal yno.

Agorodd drws y pedwerydd tŷ bron cyn i fi wthio'r daflen drwy'r blwch llythyrau.

'Ie?'

Safai'r dyn yn heriol uwch 'y mhen a'r daflen yn ei law. Gwallt gwyn blêr, crys *check* glas a throwsus cordyrói brown. Ac roedd e'n saith troedfedd yn nhraed ei sane os oedd e'n fodfedd. Ac fel roedd hi'n digwydd, roedd y cawr mawr caredig *yn* nhraed ei sane.

'Taflen gweithgaredde haf y Ganolfan Hamdden,' medde fi dan wenu a throi i wneud fy ffordd 'nôl i'r lôn.

'Ti'n tynnu 'nghoes i?'

Tipyn o gamp, meddyliais i, ond 'Nadw,' ddwedais i.

'Ti'n meddwl 'mod i'n mynd i gefnogi'r cyngor 'ma? Ma' nhw'n gwario llawer gormod o arian ar ryw bethe fel hyn,' medde fe, gan chwifio'r daflen uwch ei ben.

'Ma' nhw'n cadw'r bobl ifanc *off* y strydoedd,' medde fi, gan feddwl y bydde hynny'n ei blesio fe.

'Odyn nhw? Odyn nhw wir? Wyt ti'n 'u defnyddio nhw?'

'Odw. Dwi'n mynd i'r pwll nofio yn rheolaidd ac wedi gwneud hynny ers o'n i'n fach pan oedd Mam yn arfer mynd â fi. A dwi'n ei fwynhau e'n fawr iawn. Ma gyda nhw gyfleustere gwych ac ma'r staff yn barod iawn i helpu.' Alli di weld 'mod i'n dechre panico; cynnig gormod o wybodaeth, ateb cwestiyne doedd e ddim wedi 'u gofyn.

Ond y cwestiwn a ofynnodd e oedd, 'Beth am dy ffrindie?' ac roedd hwnnw'n un anodd i'w ateb.

Wel, nagyn, oedd yr ateb cywir. Dwyt ti ddim wedi cwrdd â fy ffrindie 'to, wyt ti? Felly wna i ddim dweud gormod rhag ofn i ti gael y syniad anghywir amdanyn nhw, ond ar wahân i'r clwb pŵl, dy'n nhw'n dangos dim diddordeb mewn unrhyw ganolfan hamdden arall. Ac ma'r rhesyme am hynny'n gymhleth, jyst fel ma bywyd yn gallu bod.

'Ddim i gyd,' medde fi'n dawel. Ac ro'n i'n gwybod ei fod e'n gwybod nad o'n i'n dweud y gwir i gyd.

'Dwi wedi dweud digon wrthyn nhw,' medde fe.

Ac fe ddechreuais feddwl sut ar y ddaear oedd e'n nabod fy ffrindie, pan sylweddolais nad nhw oedd y nhw oedd gydag e dan sylw ond y cyngor.

'A beth yw hwn?' gofynnodd, gan astudio'r daflen. 'Roc y Rec? Beth ar y ddaear yw hwnnw? Dim byd ond esgus arall dros wario arian trethdalwyr heb eisie. Dwi wedi dweud wrthon nhw sawl gwaith, ond dy'n nhw'n gwrando dim. Ond pan ddaw'r etholiad nesa byddan nhw i gyd mas.'

Roedd hi'n amlwg ei fod e ynghanol brwydr gyda'r cyngor, ond beth bynnag oedd asgwrn y gynnen, do'n i ddim eisie bod yn rhan ohoni.

'Democratiaeth,' medde fi, gan wenu a chymryd sawl cam yn agosach i'r lôn. 'Dyna'r ateb.'

'Democratiaeth! Paid siarad â fi am ddemocratiaeth. Dwi wedi ...'

Ond cyn iddo gael cyfle i ddweud beth oedd e wedi, neu ddim wedi, ei wneud neu ei glywed neu ei weld neu heb ei weld neu beth bynnag, ro'n i allan ar y lôn ac yn anelu am y tŷ drws nesa.

'Gethin! Gethin Evans!'

Rhewais yn y fan a'r lle. Beth nawr? A phwy ar y ddaear fydde'n fy nabod i yma, yn *Millionaires Row*, fel ma Huw fy ffrind yn galw Lôn y Mynydd?

Troais rownd a gweld Mrs Grant, fy hen athrawes wyddoniaeth, yn eistedd y tu ôl i lyw Mini arian newydd sbon.

'O, na,' medde fi'n uchel. Roedd Lôn y Mynydd yn llawn nytyrs.

# 8

Ro'n i wedi clywed sŵn car wrth i fi ddianc o gastell y cawr mawr caredig, ond gan fod fy sylw i gyd wedi bod arno fe, do'n i ddim wir wedi sylwi pwy oedd yn gyrru'r car.

'Wel, beth wyt ti'n neud ffordd hyn?'

'Dosbarthu'r rhain,' medde fi, gan hanner codi'r swp taflenni. Ac fel yr athrawes yw hi, daliodd Mrs Dilys Grant ei llaw mas nes 'mod i'n eu rhoi nhw iddi, yn union fel petai hi wedi fy nal i'n chware cardie yng nghefn y dosbarth – fel y gwnaeth hi unwaith, os dwi'n cofio'n iawn.

Roedd hi'n anodd meddwl am Mrs Grant mewn Mini. Roedd hi'n fenyw fawr; yn fwy na fi, a phe bawn i'n gorfod ei disgrifio mewn un fraweddeg, fe fydden i wedi dweud ei bod hi'n edrych yn debyg i aelod o dîm codi pwyse'r hen Undeb Sofietaidd.

Gravity Grant neu Dilys Disgyrchiant oedd ein llysenw arni, ac ro'n nhw'n rhai da o gofio mai ysgol gyfun ddwyieithog yw hi.

'Ti'n gweithio i'r cyngor?' gofynnodd DiDi (dyna enw arall oedd 'da ni iddi, ond roedd y ffrwd Saesneg yn ei galw hi'n GeeGee, a phob amrywiaeth ar enw ceffyl. Ond do'n ni ddim mor greulon â hynny, yn bennaf am na allen ni feddwl am ddim byd i'w galw hi ar ôl DiDi. Dwi'n credu i rywun drio'i galw hi'n Ffidili Didili fel Ned Flanders, ond ddaeth dim byd o hynny. A dyma fi wedi dod 'nôl at ddiwedd y frawddeg ddechreuais i ... un, dau... chwe deg pump gair yn ôl. Sori am hynna. Ti'n cofio lle'r o'n i? Roedd Dilys ... o, ie, bydden ni hefyd yn ei galw hi'n jyst ... na, sori ... Roedd *hi* newydd ofyn i fi, wrth roi'r taflenni 'nôl, à o'n i'n gweithio i'r cyngor. A dyma fi'n dweud:

'Yn wirfoddol.'

'Am ddim?'

'Dy'n nhw ddim yn talu ceiniog i fi,' medde fi'n teimlo mor hunangyfiawn â Bono mewn cyngerdd achub dodos.

'Wyt ti eisie ennill arian?'

Oedais am eiliad. 'Yn gwneud beth?'

'Yn torri'n lawnt ni. Ma'r dyn sy'n arfer 'i thorri hi wedi brifo'i gefn.'

Roedd hi'n siŵr o fod yn drosedd ddifrifol yn Lôn y Mynydd i beidio â thorri'ch lawnt yn rheolaidd ac fe feddyliais am y cynnig am eiliad neu ddwy arall. Do'n i ddim eisie gofyn iddi faint fydde hi'n talu, ond eto os oedd hi dan anfantais ...

'Fe gei di ddeg punt os torri di'r lawnt i gyd,' medde hi, yn union fel petai'n gallu darllen fy meddwl. Yr athrawes yn dangos trwyddo!

'Iawn,' medde fi cyn iddi newid ei meddwl.

'Reit, wela i di bore fory. Deg o'r gloch. Paid bod yn hwyr.'

'Ble y'ch chi'n byw?' galwais ar ei hôl wrth i'r Mini ddechre symud.

'Cilmeri. Y tŷ olaf ar y chwith.' Ac i ffwrdd â hi.

Ac wrth edrych ar y Mini'n gyrru lawr y ffordd, meddyliais y bydde Mini wedi bod yn llysenw da arni am ei bod hi mor fawr, ond roedd hi'n rhy hwyr nawr.

Ar ôl iddi fynd ro'n i'n teimlo fel taflu'r taflenni i ffwrdd gan fod gyda fi waith, ond wedyn fe gofiais mai esgus a ddim gwaith oedd dosbarthu'r taflenni mewn gwirionedd. Felly dyma fi'n bwrw mlaen ar hyd Lôn y Mynydd yn mynd o ddrws i ddrws yn gwneud 'y ngwaith gwirfoddol dros y cyngor.

Llifai sŵn radio drwy ambell ffenest agored, a sŵn plant yn chware o ardd gefn un neu ddau o'r tai. Ges i anogaeth yn 'y ngwaith gan un fenyw a oedd yn amlwg yn cadw'n heini er ei bod hi'n edrych yr un oedran â 'nhad-cu, a chynigiodd menyw arall rywbeth oer i'w yfed i fi. Ond gan fod Mam wedi 'nysgu pan o'n i'n ifanc i beidio cymryd dim oddi wrth bobl ddieithr, fe ddwedais dim diolch (roedd hi hefyd wedi 'nysgu i fod yn gwrtais) a gadael.

Roedd sawl car, Clio, Polo, Espace, Peugot 308, Fiesta ac un neu ddau 4x4 wedi'u parcio naill ai yn y garejys neu ar bwys y tai, ond welais i'r un Jaguar glas tywyll yn unman. O'r diwedd cyrhaeddais y tŷ olaf ar y chwith; tŷ Dilys Disgyrchiant. Roedd ei enw, Cilmeri, mewn llythrennau arian ar lechen las, yn sownd wrth un o'r pileri brics melyn, ac wrth i fi gerdded drwy'r glwyd fe welais i e wedi parcio o flaen y tŷ: y Jaguar glas tywyll.

# 9

Ro'n i 'nôl yn Caffi Tapini yn eistedd wrth y bwrdd yn y ffenest yn yfed can o *Coke*. Do'n i erioed wedi bod yn y caffi tan ddiwrnod 'y nghyfweliad ond ers hynny ro'n i wedi bod yno bob dydd, ar wahân i ddydd Gwener diwetha a ddoe pan o'n i wedi bod yn paentio Cool Pool, yn cadw llygad ar swyddfa Margam Powell ac yn cadw cwmni i Caryl Daniels.

Caryl oedd y ferch flin oedd ddim yn fodlon i fi eistedd yno heb brynu dim, ond nawr dwi'n 'i nabod hi'n well ma hi'n iawn.

Wel, dwi'n dweud 'mod i'n 'i nabod hi, ond dwi ddim mewn gwirionedd; dim ond yr ychydig ma hi'n barod i ddweud wrtha i amdani 'i hun yn y sgyrsie ry'n ni'n eu cael pan nad oes neb arall yn y caffi. Fel mai newydd symud i'r dre roedd hi a'i theulu ac y bydde hi'n dod i'n hysgol ni ar ôl y gwylie. Ond ma Tapini yn lle eitha prysur a dim ond nawr ac yn y man ma hi'n cael cyfle i adael y cownter a dod i sefyll – dyw hi byth yn eistedd – wrth y bwrdd i siarad.

Nawr dwi'n gwybod i fi ddweud gynne nad o'n i wedi gweld y Jaguar glas tywyll ers pythefnos, ond dyw hynny ddim yn golygu nad o'n i wedi bod yn meddwl amdano fe. O, o'n. A dyna pam ro'n i wedi bod yn eistedd yn ffenest Caffi Tapini yn cadw llygad ar swyddfa Margam Powell ac yn hel meddylie bron bob dydd ers y tro cynta i fi ei weld.

A pham ro'n i wedi bod yn hel meddylie? Wel yn bendant doedd gydag e ddim byd i'w wneud â'r ffaith nad o'n i wedi cael y swydd. Fe allai Margam Powell gadw'i hen swydd. Do'n i ddim wir eisie'r swydd beth bynnag; a phe bai e wedi ei chynnig hi i fi fe fydden i wedi ei gwrthod hi yn y fan a'r lle, hyd yn oed pe bai e'n mynd lawr ar ei benglinie ... Wel, ie, iawn, o'r gore, roedd gyda hynny rywbeth i'w wneud ag e. Ond ddim cymaint y swydd, ond Jackie, y ferch oedd wedi ei chael hi.

Pam roedd Margam Powell wedi ei dewis hi o 'mlaen i? Ie, iawn, roedd hi'n ferch. Yn ferch ifanc. Iawn. Yn ferch ifanc brydferth. Iawn! Yn ferch ifanc brydferth nwydu ... IAWN!

Iawn.

Ond o'r argraff ro'n i wedi 'i chael o Margam Powell, dwi ddim yn meddwl y bydde hynny wedi dylanwadu gormod arno fe. Ei chymwystere proffesiynol ar gyfer y gwaith fydde'r unig beth fydde gydag e ddiddordeb ynddyn nhw.

A beth oedd y cymwystere hynny? Ei bod hi'n ysgrifenyddes dda, brofiadol. Wrth gwrs. Ond a fydde ysgrifenyddes dda, brofiadol, yn fodlon ar y cyflog bach roedd Margam Powell yn ei dalu? E? Wel dwi ddim yn meddwl y bydde hi; yn enwedig os oedd ei thad yn gyrru Jaguar XK, sy'n costio dros £50,000.

Roedd rhywbeth ddim cweit yn iawn am y sefyllfa. Efallai bod yr holl lyfre ditectif dwi wedi bod yn eu darllen wedi dylanwadu arna i; 'mod i'n gweld bwganod ac yn hel cysgodion lle nad oedd rhai. Efallai. Ond gan nad oedd gen i ddim byd arall i feddwl amdano – ar wahân i chwilio am waith, wrth gwrs – roedd datrys Dirgelwch yr Ysgrifenyddes wedi bod yn ffordd dda o basio'r amser.

Ac yn awr, gydag ailymddangosiad y Jaguar – heb anghofio am ble roedd e wedi ailymddangos – roedd dimensiwn gwahanol i'r cyfan. Sef cysylltiad Dilys Disgyrchiant â'r Jaguar.

A beth oedd ei chysylltiad? Ai ei char hi neu gar ei gŵr oedd e, neu oedd e'n perthyn i rywun oedd wedi galw i'w gweld nhw? A beth am Jackie? Pwy oedd hi? Os mai gyrrwr y Jaguar oedd ei thad hi, fel ro'n i wedi bod yn ei alw fe, ai fe oedd gŵr Dilys ac ai hi oedd mam Jackie? Do'n i ddim yn cofio clywed bod gyda hi ferch, na phlentyn o gwbl. Ond wedyn faint o'n i'n gwybod am fywyde personol athrawon? Efallai y ca' i wybod mwy fory pan fydda i'n mynd 'nôl i Lôn y Mynydd.

Ro'n i eisoes wedi dweud wrth Caryl 'mod i wedi gweld y Jaguar glas tywyll pan o'n i ar y bws a 'mod i wedi'i ddilyn e lan Lôn y Mynydd, ac am Dilys, pwy oedd hi ac am y gwaith roedd hi wedi'i gynnig i fi, ond nawr roedd hi 'nôl tu ôl i'r cownter ac ro'n i'n canolbwyntio ar ddrws swyddfa Margam Powell.

'Unrhyw sôn amdani?' gofynnodd Caryl ar ôl rhyw ddeg munud arall, gan ddod i sefyll wrth y bwrdd.

'Ddim 'to.' Edrychais ar fy wats. 'Ma pum munud arall cyn bydd hi'n mynd am ginio.'

'Fe aeth hi'n gynnar ddoe.'

Edrychais arni. 'Do fe?'

'Do. A throi lawr y stryd yn lle mynd am ganol y dre.'

*Typical*! Pan nad o'n i yna i gadw llygad arni dyma Jackie'n gwneud rhywbeth gwahanol.

'Ti ddim yn gwybod ble'r a'th hi, wyt ti?'

Siglodd Caryl ei phen. 'A welais i mohoni'n dod 'nôl, chwaith.'

'A, wel,' medde fi, yn siomedig o golli cyfle.

Ond chware teg i Caryl, allen i ddim cymryd e mas arni hi. Roedd hi wedi bod yn dda iawn; yn gwrando arna i'n parablu mlaen am Margam Powell a Jackie heb chwerthin na dweud unwaith wrtha i i gallio a thyfu lan. Roedd hi hyd yn oed wedi awgrymu un neu ddau reswm digon diddorol pam roedd Jackie wedi cynnig am y swydd. A dweud y gwir, roedd Caryl yn rhywun ro'n i'n gallu rhannu'r dirgelwch gyda hi.

'Co hi'n dod nawr,' medde Caryl ar draws fy synfyfyrio. Ac yn wir roedd Jackie'n sefyll ar y pafin o flaen drws Margam Powell.

'Pa ffordd eith hi heddi?' gofynnodd Caryl.

'Lan am y dre i gael cinio yn y Wayside.'

'Ti'n meddwl?'

'Odw,' medde fi, heb unrhyw reswm dros ddweud hynny ar wahân i'r ffaith mai dyna roedd hi wedi ei wneud ddwywaith cyn ddoe.

Ond trodd Jackie i'r chwith yr un peth â ddoe.

'Wela i ti,' medde fi gan godi o'r bwrdd a bwrw am y drws.

# 10

Gadewais iddi droi heibio cornel y stryd cyn croesi o ochr Caffi Tapini a chyflymu ar ei hôl rhag ofn iddi ddiflannu. Ond roedd hi'n dal i'w gweld pan gyrhaeddais y cornel, yn cerdded i fyny'r stryd ac yn siarad ar ei ffôn symudol.

Gyda phwy ma hi'n siarad? meddyliais.

Doedd dim rhaid i Philip Marlowe a'r lleill boeni am ffôn symudol yn eu dyddie nhw. Roedd yn rhaid i'r bobl roedden nhw'n eu dilyn aros nes eu bod nhw'n cyrraedd blwch ffôn cyn allen nhw gysylltu â rhywun, ac fe fydde hynny'n rhoi cyfle i'r

ditectif glustfeinio ar eu sgwrs a darganfod beth oedden nhw'n ei
wneud.

Ac i ble ma hi'n mynd? meddyliais ar ôl iddi droi o'r ffordd
fawr a cherdded yn bwrpasol ar hyd Stryd y Parc.

Bob amser cinio arall ro'n i wedi 'i dilyn hi, roedd Jackie
wedi gadael swyddfa Margam Powell a mynd yn syth i fwyty'r
Wayside yng nghanol y dre i gwrdd â thair merch arall am ginio.
Ysgrifenyddese neu rywbeth tebyg oedd y lleill hefyd a'r tair
ohonyn nhw tua'r un oedran â Jackie; yn eu hugeinie cynnar.
Ond roedd hi'n edrych fel bod patrwm gwahanol ddoe yn parhau
heddiw ac roedd hynny, gydag ailymddangosiad y Jaguar glas
tywyll, yn gwneud i fi feddwl bod rhywbeth ar fin digwydd.

Hanner ffordd i fyny'r stryd croesodd Jackie a bwrw i mewn
i Lôn Dolman, y lôn gul sy'n rhedeg rhwng Smiths a banc yr
HSBC. Ro'n i'n gyfarwydd â Lôn Dolman ac yn gwybod y
byddai'n agor allan i iard lydan lle'r oedd nifer o siope bach a dau
neu dri chaffi.

Er 'mod i'n gyfarwydd â'r lle do'n i ddim yn mynd yno'n aml,
wel byth a dweud y gwir. Siope sy'n gwerthu canhwylle drewllyd,
llunie bach mewn fframie arian ac esgidie a dillad drud a chaffis
gydag enwe fel Marcello's a'r Crystal Lagoon oedd yn arbenigo
mewn *paninis, smoothies* a dwsine o wahanol fathe o goffi mewn
cwpane anferth sy yno. Ddim fy math i o le o gwbl.

Ond beth arall oedd yno? Beth oedd wedi denu Jackie yno?
Beth oedd uwchben y siope a'r caffis?

Roedd hi'n dywyllach yn y lôn gul nag yr oedd hi yn llygad yr
haul ar Stryd y Parc a phan gyrhaeddais ben pella'r lôn a chamu
allan i'r iard, fe gymerodd hi rai eiliade i fy llygaid gyfarwyddo â'r
gole cryf.

Yn yr iard o flaen y bwytai roedd nifer o fyrdde a chadeirie
wedi eu gosod, ac wrth fwrdd o flaen y Crystal Lagoon eisteddai
tair merch, a phan welon nhw Jackie dyma'r tair yn galw arni ac
yn chwifio'u breichie yn union fel petai hi ym mhen draw'r dre a'u
bod nhw heb ei gweld hi ers blynyddoedd.

Ie, ti'n iawn, yr un merched oedd y rhain â'r tair roedd Jackie wedi bod yn cael cinio gyda nhw yn y Wayside. Ond erbyn i fi sylweddoli hynny ro'n i hanner ffordd ar draws yr iard ac fe fydde stopio a throi 'nôl am y lôn wedi tynnu gormod o sylw, felly heb oedi eiliad na baglu cam cerddais heibio iddyn nhw ac i mewn i'r bwyty.

Gan ei bod hi'n brynhawn mor braf roedd tu mewn y Crystal Lagoon yn wag a digon o le i eistedd. A dyna wnes i, wrth y bwrdd agosaf y chydio yn y fwydlen. A dim ond mewn pryd; yr eiliad nesa dyma un o ffrindie Jackie'n dod i mewn drwy'r drws. Plygais 'y mhen yn is dros y fwydlen a'i hastudio hi'n ddyfal – *sea bass, black fillet, broiled, £18.00.*

Deunaw punt!

Iechyd, gobeithio bod 'na ddrws cefn i'r lle fel y gallen i ddianc yr eiliad bydde'r ferch yn mynd 'nôl at y lleill. Do'n i ddim eisie aros yno'n gorfod prynu ...

'Ti'n dilyn Jackie, on'd wyt ti?'

# 11

Wel, doedd dim amheuaeth, oedd e? Os oedd y lle'n wag ar wahân i fi, ma'n rhaid mai gyda fi roedd hi'n siarad. Ond er 'mod i'n gwybod hynny'n iawn, gwnes 'y ngore i'w hanwybyddu a chario mlaen i ddarllen y fwydlen – *crabmeat salad sandwich, £6.00* – pe na bawn i'n cymryd sylw ohoni fe fydde hi'n siŵr o adael – *half roasted chicken, £12.75.*

Eisteddodd y ferch i lawr, yn y gadair, wrth y bwrdd, gyferbyn â fi.

'Dwyt ti ddim yn meddwl dy fod ti braidd yn ifanc iddi?'

*Goose Island Honker Ale.* Bydde hanner can galwyn o hwnna wedi bod yn ddefnyddiol iawn yr eiliad honno – i foddi fy hunan ynddo.

Cydiodd y ferch yn y fwydlen a'i thynnu allan o 'nwylo yn araf. Roedd hynny'n llawer mwy poenus na phetai hi wedi rhoi plwc galed iddi; roedd colli 'ngafael arni'n araf yn rhoi gormod o amser i fi feddwl am beth oedd yn mynd i ddigwydd nesa, am beth roedd hi'n mynd i ddweud nesa. Dyna pam y penderfynais achub y blaen a dweud yn blwmp ac yn blaen wrthi lle i fynd.

'Dwi'n credu eich bod ...'

'Pan welon ni ti'n hongian o gwmpas y Wayside echdoe, am y pedwerydd tro mewn wythnos, a sylweddoli dy fod ti wastad yn ymddangos ar ôl i Jackie gyrraedd, ro'n ni'n siŵr dy fod ti'n 'i dilyn. Dyna pam ddaethon ni 'ma ddoe, am newid bach ac i weld a fyddet ti'n dod 'ma hefyd. Ond ddest ti ddim ac ro'n ni'n meddwl falle'n bod ni wedi gwneud camgymeriad ac mai cyd-ddigwyddiad oedd y cyfan. Ond heddi, syrpreis, syrpreis, dyma ti'n ymddangos 'to. Nawr 'te, ai cyd-ddigwyddiad yw e neu a wyt ti *yn* dilyn Jackie?'

Sut ar y ddaear wyt ti fod ateb cwestiwn fel'na? Ro'n i'n gwneud 'y ngore i beidio edrych arni, ond roedd hynny'n amhosibl a hithe'n eistedd gyferbyn â fi ac yn pwyso mlaen tuag ata i fel bod dim dewis gyda fi ond edrych arni.

'Dwi ddim yn gwybod,' sibrydais mewn llais tene, tawel, fel bachgen bach wedi cael ei ddal yn gwneud rhywbeth na ddyle fe. A dyna'n union beth o'n i.

Edrychodd hi'n galed arna i am eiliad neu ddwy a deimlai'n fwy fel awr neu ddwy cyn gofyn, 'Beth yw dy enw di?'

'Gethin.' Ac ro'n i bron ag ychwanegu, 'Miss'.

'Dere,' medde hi, gan godi o'r gadair ac aros yn ymyl y bwrdd nes i fi godi a'i dilyn hi mas i'r iard. Pe bai hi wedi cydio yn fy llaw ac wedi fy arwain i allan o'r bwyty fydden i ddim wedi teimlo damaid yn fwy lletchwith.

'Ond y *paté* macrell gest ti ddoe, Leri,' clywais i un o'r merched yn dweud wrth i ni agosáu at eu bwrdd.

'Dwi'n gwybod ond roedd e mor neis,' atebodd Leri.

Ac medde'r drydedd, 'O'n i'n meddwl ein bod ni i gyd yn

mynd i drio rhywbeth gwahanol heddi; dyna pam ddethon ni 'nôl 'ma.'

'Ac i ddal pysgodyn bach,' medde Jackie, gan edrych arna i. A'r eiliad nesa roedd y ddwy arall yn syllu arna i hefyd.

Dwi'n un sy'n cochi am y peth lleia, ac ma'n siŵr bod fy wyneb i ar dân yr eiliad honno. Bydde macrell cyfan wedi coginio'n grimp arno fe cyn i ti ddweud 'gyda sglodion?'

'Nia,' medde Leri. 'Pwy yw dy ffrind?'

'Dyma Gethin,' medde Nia wrth y lleill.

'Helô, Gethin,' medde'r lleill wrtha i.

'Helô,' medde fi wrthon nhw.

'Dere i eistedd fan hyn,' medde Leri, gan daro sedd y gadair wag drws nesa iddi. 'Ar bwys Jackie.'

Doedd dim dewis gyda fi ond ufuddhau.

'Ti *yn* ifanc, on'd wyt ti?' medde Jackie wrtha i ar ôl i fi eistedd.

'Odi, on'd yw e. Beth wyt ti'n feddwl, Amy?' medde Leri wrth y llall ar draws y bwrdd.

'Yn ifanc iawn,' cytunodd Amy, fel bydde dyn yn disgwyl.

'Beth yw dy oedran di?' gofynnodd Nia.

'Un deg chwech.'

'Un deg chwech!' medde Leri yn syn. 'Wyt ti'n cofio pan o't ti'n un deg chwech, Amy?'

'Dim ond jyst.'

'O, dwi'n cofio,' medde Nia.

'A finne,' medde Jackie, cyn pwyso mlaen at y lleill a sibrwd, 'Kevin Harris.'

'Kevin Harris!' sgrechiodd Leri.

'Hisht!' gorchmynnodd Jackie, gan edrych o'i chwmpas yn llechwraidd.

'O, ie!' medde Amy. 'Ro'n i wedi anghofio amdano fe.'

'Do'n i ddim,' medde Nia.

'Na finne,' medde Jackie. 'Wyt ti'n cofio disgo blwyddyn un ar ddeg?'

'Odw, a thrip y côr i Lydaw?'

'O, ie,' medde Amy, yn cofio'n iawn amdano fe nawr.

Fe aeth yr hel atgofion hyn ymlaen am rai munude gyda'r pedair yn chwerthin, yn pwnio'i gilydd, yn codi'u haelie ac yn edrych yn awgrymog ar ei gilydd, a dim ond pan ddechreuodd y bwyd gyrraedd tawelodd pethau.

Ar ôl i'r bachgen roi'r platie i lawr ar y bwrdd o'u blaene edrychodd y pedair ar eu platie, yna ar blatie'i gilydd, yna ar ei gilydd a gwenu fel petaen nhw'n rhannu rhyw jôc breifat. Yna, fel parti cydadrodd, fe ddwedodd y pedair, '*Bon apetit!*' a chydio yn eu cyllyll a'u ffyrc.

'Ro'n ni *yn* ifanc bryd hynny, on'd o'n ni,' medde Leri, gan dorri darn tene o dôst.

'Ifanc iawn,' medde Amy, gan godi llwyaid o rywbeth pinc.

'Un deg chwech,' medde Nia, gan roi ei fforc yn ei cheg.

'Ie,' medde Jackie, a llyncu ei bwyd cyn ychwanegu, 'Oedran Gethin.'

A throdd y pedair i edrych arna i unwaith 'to.

'Lle ma'n *manners* ni,' medde Leri, gan roi ei chyllell i lawr ar y plât. 'Dyma ni'n tair yn stwffo'n wynebe a Gethin druan heb ddim o'i flaen. Beth wyt ti moyn i fwyta, Gethin?'

'Dim byd, diolch.' Ro'n i wedi colli pob archwaeth am fwyd, ac am fywyd, erbyn hynny.

'Paid bod yn styfnig,' medde Jackie. 'Beth wyt ti eisie?'

Siglais 'y mhen. 'Dim byd.'

'O, dwi ddim yn credu hynny,' medde Amy. 'Dere mla'n, ma'n rhaid bod rhywbeth 'ma ti'n ffansïo.'

Arweiniodd hynny at bwl o chwerthin.

'Ma'n rhaid i ti ga'l rhywbeth,' medde Nia, a oedd hefyd wedi rhoi'r gore i'w chinio. 'A thithe'n fachgen ar dy brifiant.'

Pwl arall o chwerthin.

'Ie, dere mla'n,' medde Jackie. 'Ni sy'n talu; dewisa unrhyw beth ti moyn o'r fwydlen.'

Edrychais ar y pedair, o'r naill i'r llall, ac fe feddylies i, wel, os y'n nhw'n mynd i wneud hwyl am 'y mhen i, o leia fe gân nhw dalu am y pleser. A dyma fi'n dweud yn fy llais mwya soffistigedig, 'Iawn, fe ga' i *sea bass, black fillet, broiled.*'

# 12

Es i ddim 'nôl i Gaffi Tapini ar ôl gadael y Crystal Lagoon. Yn un peth ro'n i'n llawn ar ôl y draenog y môr (na, dwi ddim yn tynnu dy goes, edrych e lan, dyna wnes i, ac mae e'n blasu llawer gwell na draenog y ffordd – ddim 'mod i erioed wedi bwyta un o'r rheini, wrth gwrs). Ac yn ail, do'n i ddim am orfod dweud wrth Caryl beth oedd wedi digwydd i fi gyda Jackie a'i ffrindie. Felly fe es i adre.

Roedd pawb mas ar wahân i Dad-cu a oedd yn eistedd yn y gegin yn darllen y *Dyfed Leader*. Wythnos arall, rhifyn arall. Dwi ddim yn gwybod beth maen nhw'n ffeindio i ysgrifennu amdano bob wythnos. Ar wahân i'r tudalenne chwaraeon, dwi ddim yn talu gormod o sylw i'r papur, ond ma 'nhad-cu a'm rhieni yn ei ddarllen e o glawr i glawr bob wythnos, yn enwedig Mam, sy'n hoffi gwybod am bopeth sy'n digwydd yn y dre.

Ond un peth ddaw hi byth i wybod amdano yw'r hyn ddigwyddodd i fi yng nghwmni pedair merch yn y Crystal Lagoon. Dwi'n gwybod ei fod e'n swnio fel y math o beth y bydde gyda'r *Sun* ddiddordeb ynddo fe, ond cred ti fi, roedd e'n llawer gwaeth na'r math o gawl ma pêl-droedwyr yn eu cael eu hunain ynddo. A dyna pam dwi ddim yn credu y dylet ti wybod popeth chwaith, ti'n llawer rhy ifanc. Ac fel ma'n digwydd dyna beth o'n i wedi ei glywed drwy'r prynhawn hefyd – ymhlith lot o bethe eraill.

'Ma eisie cic yn 'u penole nhw!'

Ond ddim hynna. Tad-cu oedd hwnna yn cymryd yn erbyn rhywbeth yn y papur. Mae e'n gwneud hynny drwy'r amser; yn tynnu dy sylw at rywbeth mae e'n ei ddarllen er nad oes gyda ti'r syniad lleia beth mae e'n 'i ddarllen, a fwy na thebyg fydde dim diddordeb gyda ti ynddo fe hyd yn oed pe bait ti'n gwybod.

Na, yr hyn roedd y merched yn ei ddweud oedd pethe fel, 'Wyt ti eisie gwin gyda dy ginio, Gethin? O, na, rwyt ti'n rhy ifanc i brynu gwin, on'd wyt ti!' (Hi! Hi! Hi!)

Neu, 'Pa fath o gar wyt ti'n 'i yrru, Gethin? O, na, rwyt ti'n rhy ifanc i yrru car, on'd wyt ti!' (Ha! Ha! Ha!)

Neu, 'Dros bwy bleidleisiest ti yn yr etholiad diwetha, Gethin? O, na, rwyt ti'n rhy ifanc i bleidleisio, on'd wyt ti!' (Ho! Ho! Ho!)

O'r fath sbort gethon ni!

Ro'n i'n gwybod yn iawn beth o'n nhw'n 'i wneud: gwneud i fi deimlo mor fach ac mor lletchwith ag y gallen nhw fel na fydde gyda fi'r wyneb i gael 'y ngweld o fewn pum can milltir i Jackie byth 'to.

Ac ro'n nhw'n iawn. Felly, am yr eildro o fewn pythefnos, roedd gyrfa Gethin Evans, Ditectif Preifat, drosodd.

O oedd.

Yn bendant.

Yn derfynol.

Unwaith ac am byth. Wel, eilwaith ac am byth i fod yn fanwl gywir, ond ti'n gwybod beth dwi'n feddwl.

'Wel, wel, un arall o fois yr ardal wedi mynd.'

Sori, Tad-cu 'to.

Ro'n i hefyd yn deall nawr pam roedd y merched wedi newid o'r Wayside i fwyty ym mhen draw Lôn Dolman i gael eu cinio. Pe bawn i'n troi lan fan'ny fe fydden nhw'n gwybod yn bendant 'mod i wedi dilyn Jackie yno. Dwyt ti ddim yn digwydd cerdded drwy iard sydd â dim ond un ffordd i mewn ac allan iddi. A gan mai dim ond drwy Lôn Dolman y gallen i fynd i mewn i'r iard fe fydden nhw'n siŵr o 'ngweld i a bydde gyda fi ddim gobaith o ddianc heb dynnu sylw ataf fy hunan.

Heb dynnu sylw ataf fy hunan! Pwy o'n i'n trio'i dwyllo? Roedd hi'n amlwg eu bod nhw wedi sylwi arna i bron o'r tro cynta ro'n i wedi dilyn Jackie. Ma'n rhaid mai siarad ar y ffôn gyda'r lleill oedd Jackie pan o'n i'n ei dilyn hi i'r Crystal Lagoon y prynhawn hwnnw. Alla i ei chlywed hi nawr. 'Ma'r dosbarth meithrin wedi ei ollwng i ginio ac ry'n ni ar ein ffordd. Byddwn ni 'na mewn munud. *Ciao.*'

A dyna lle'r o'n i, y ditectif clyfar, yn meddwl 'mod i mor glyfar fel 'mod i'n mynd i ddatrys 'Dirgelwch yr Ysgrifenyddes', ond roedd yr ysgrifenyddes a'i ffrindie'n llawer clyfrach na fi.

Dirgelwch yr Ysgrifenyddes?

Plîs!

Yr unig ddirgelwch oedd i ble roedd fy synnwyr cyffredin wedi diflannu.

Yr unig gysur oedd nad oedd Jackie'n cofio ein bod ni wedi bwrw mewn i'n gilydd wrth ddrws swyddfa Margam Powell. O leia do'n i ddim yn edrych yn gymaint o idiot ag y bydden i pe bai hi *yn* cofio.

'Criced? Dy'n nhw ddim yn gwybod sut i chware criced.'

Ie, fe 'to.

Roedd y merched yn meddwl mai ffansïo Jackie o'n i; ro'n nhw'n barod i dderbyn bod bachgen ysgol un ar bymtheg oed yn *obsessed* â merch bedair ar hugain oed – 'Aaaa!' 'Ciwt!' ' *Toy boy* dy hun, Jackie' (ac fe ges i'r rheini i gyd, a mwy, dros ginio, o do) – ond pe baen nhw'n meddwl 'mod i'n 'i *stalkio* hi, yna dwi ddim yn credu y bydden nhw wedi cymryd y cyfan mor ysgafn.

Ac ma'n rhaid i fi ddweud eu bod nhw wedi ymddwyn yn dda iawn. Do, fe nethon nhw hwyl am 'y mhen ond fe dalon nhw am 'y nghinio. Ar ôl i fi archebu'r draenog y môr (wyt ti wedi edrych e lan 'to?) a hanner ei fwyta, fe groesodd fy meddwl y bydde'r pedair ohonyn nhw'n gorffen eu bwyd ac yn mynd a 'ngadael i i dalu'r bil. Ond diolch byth, nethon nhw ddim o hynny. Ond pe baen nhw wedi gwneud hynny, fydde fe ddim tamaid mwy na'r hyn ro'n i'n ei haeddu.

'Llinelle melyn? Lle ma dyn fod i barco, 'te?'

Reit! Digon yw digon. Dim mwy o edrych ar 'y mogel a

theimlo'n flin amdanaf fy hunan. Dim mwy o feddwl am Jackie, Margam Powell a'r Jaguar glas tywyll. Ac yn bendant ddim mwy o wrando ar sgwrs unochrog Tad-cu. Ma'n rhaid i fywyd fynd yn ei flaen a dwi'n mynd allan am gêm o pŵl gyda'r bois, a gan nad ydw i'n credu y bydd hynny o ddiddordeb i ti, fydda i ddim yn ysgrifennu amdano fe, iawn? Fe wela i ti yn nhŷ Dilys bore fory. Deg o'r gloch. Paid bod yn hwyr.

# 13

Ble ti 'di bod? Ma hi bron yn un ar ddeg a dwi'n barod wedi torri'r lawnt ar yr ochr dde i'r tŷ a dwi nawr yn gwneud yr un yn y blaen a dim ond yr un yn y cefn fydd gyda fi ar ôl wedyn. Dwi'n dweud 'dim ond' ond dyw'r lle ma'n ddim byd ond lawntie a phob un ohonyn nhw maint cae pêl-droed. Lawnt. *Un* lawnt. Yn yr unigol, dyna ro'n i'n meddwl roedd Dilys yn ei olygu pan gynigiodd hi'r gwaith i fi. Pe bawn i'n gwybod bryd hynny bod yna *dair* lawnt, yn y lluosog, mwy nag *un*, yna fe fydden i wedi gofyn am fwy o dâl am y gwaith.

Ac mae e *yn* waith, cred ti fi! Ma'n ddiwrnod braf arall gydag awyr las a haul crasboeth a dim awel o gwbl a dwi'n chwys stecs.

Daeth maint y gwaith fel tipyn o sioc i fi pan gyrhaeddais i yma; do'n i ddim wedi sylwi ddoe sawl lawnt oedd yma; dim ond y Jaguar glas tywyll oedd ar fy meddwl i bryd hynny, ac i ddweud y gwir mae e'n dal ar fy meddwl i.

Ma torri lawnt, neu hyd yn oed *lawntie*, yn gallu bod yn waith mecanyddol iawn, yn enwedig pan wyt ti'n gwneud dim ond eistedd ar y tractor bach yn mynd 'nôl a mlaen, lan a lawr ar hyd y ... falle ddylen i ddim fod wedi sôn wrthot ti am y tractor, ddylen i? Dwi wedi colli pob cydymdeimlad nawr, on'd dwi? Ond cred ti fi, mae e'n dal yn waith caled a chwyslyd, hyd yn oed gyda thractor bach. Ond, fel dwedais i, mae e hefyd yn waith mecanyddol ac ma dy feddwl yn crwydro gan mor undonog yw e.

Ac yn ddigon naturiol gan mai yma welais i fe ddiwetha, 'nôl at y Jaguar glas tywyll roedd fy meddwl i'n crwydro. Ac ar waetha'r llw ro'n i wedi 'i wneud i fi fy hun brynhawn ddoe i anghofio popeth am Jackie a'r car, ro'n i'n methu'n lân â gwneud hynny.

Dwi'n gwybod mai dim ond tudalen neu ddwy 'nôl y dwedais i 'digon yw digon', a falle mai dim ond munud sy ers i ti ddarllen y geirie hynny (ma hynny'n dibynnu wrth gwrs ar pa mor gyflym rwyt ti'n darllen ac a wnest ti roi'r llyfr lawr ar ôl gorffen y bennod ddiwetha a mynd i gael bwyd, mynd mas am dro, diffodd y gole a mynd i gysgu, neu beth bynnag) ond i fi ma dros ugain awr dda wedi pasio ers i fi ddweud 'digon yw digon'. (Dwi ddim eisie mynd i mewn i'r holl fusnes o dreigl amser mewn llenyddiaeth fan hyn; ma'n siŵr y cei di wers arno fe fel rhan o dy gwrs TGAU, os nad wyt ti wedi cael un yn barod. Y cyfan ddweda i yw os wyt ti'n meddwl ei fod e'n broblem pan wyt ti'n darllen llyfr i ddeall ble ma pawb ar unrhyw adeg a beth maen nhw wedi bod yn ei wneud ers i ti ddarllen amdanyn nhw ddiwetha, arhosa di nes dy fod ti'n gorfod ysgrifennu amdanyn nhw. A phaid dechre sôn am benderfynu beth wyt ti'n 'i roi mewn a beth wyt ti'n 'i adael mas. A wyt ti'n disgrifio popeth er mwyn creu darlun cyflawn – fel y gêm pŵl ges i gyda'r bois neithiwr a oedd yn dipyn o hwyl, gyda llaw, yn enwedig pan ga'th Huw 'i ... ond na, dwi wedi penderfynu'n barod nad ydw i'n mynd i sôn am hynny – neu a wyt ti ond yn cynnwys y pethe sy'n berthnasol i'r hanes rwyt ti'n ei adrodd? Ond pan wyt ti'n adrodd hanes dirgelwch fel hwn, dwyt ti ddim yn gwybod yn iawn beth sy'n berthnasol a beth sy'n amherthnasol tan y byddi di wedi datrys y dirgelwch. O odi, cred ti fi, mae e'n gallu bod yn hunlle.)

Reit, ble'r o'n i? O, ie. Ma dros ugain awr wedi pasio ers i ni gwrdd ddiwetha; ma heddiw'n ddiwrnod arall a dwi wedi llwyddo i wthio llawer o'r hyn ddigwyddodd amser cinio ddoe mas o'm meddwl. A gan 'mod i 'nôl yn yr union le ag yr o'n i pan welais i'r Jaguar glas tywyll ddiwetha, dwi wedi dechre meddwl amdano fe a phopeth sy'n gysylltiedig ag e unwaith 'to.

Doedd y Jaguar glas tywyll ddim yno pan gyrhaeddais i bore 'ma; roedd drws y garej ddwbl ar agor a dim ond Mini Dilys oedd ynddo. Dilys atebodd y drws ond ches i ddim cyfle i siarad gyda hi gan ei bod hi'n brysur yn siarad â rhywun ar y ffôn ac roedd hi am i fi ddechre ar y lawntie'n syth. A dyna beth wnes i, a dyna dwi'n dal i'w wneud o dan yr awyr las a'r haul crasboeth heb ddim aw ...

'Iohŵŵŵŵ!'

Fe glywais i'r floedd uwchben sŵn y tractor bach a throi i weld Dilys yn sefyll yn ymyl cornel y tŷ yn chwifio'i breichie arna i. Stopiais y tractor mewn pryd i glywed geirie ola'i chyfarchiad, '...ffi rhywbeth i'w yfed!?' Ond roedd hynny'n ddigon.

Diffoddais y tractor a cherdded at y tŷ ar draws y lawnt gan edrych o 'nghwmpas ar yr hyn ro'n i wedi'i wneud. Ro'n i'n teimlo'n blês iawn gyda'r gwaith ac yn meddwl 'mod i'n haeddu saib a rhywbeth i'w yfed.

# 14

Erbyn i fi gyrraedd y tŷ roedd Dilys wedi diflannu. Mentrais drwy'r drws agored a chlywais sŵn cerddoriaeth uchel – radio neu CD – yn dod o rywle.

*O, dwed beth sy'n cychwyn dy beiriant ti plîs*
*Gwna un ffafr fechan i druan fel fi*
*O, rho un i mi*

Dilynais y sŵn a chael fy hun yn y gegin. Roedd Dilys yn sefyll wrth un o'r unede a'i chefn tuag ata i. Ac roedd hi'n canu; braidd yn uchel a ddim yn hollol mewn tiwn.

*Rho un i mi    ieeeeeeeeeeeeee*
*Rho un i mi*
*Rho un i mi    oooooooooieeeeeee*
*Os oes gen ti gusan sbâr ar dy wefus rho un i mi*


Trodd Dilys, wedi synhwyro, neu'n disgwyl i mi fod yno. Gwenodd ac estyn gwydr o ryw ddiod gwyn i fi. Ma'n rhaid 'mod i wedi edrych yn amheus arno gan iddi ddweud, '*Barley water*,' yn uchel er mwyn i mi 'i chlywed hi dros y gerddoriaeth. 'Neith e dy adnewyddu di o dy gorun i dy sawdl.'

'Diolch,' medde fi, gan gymryd y gwydr.

'Neu fydde hi'n well 'da ti ga'l rhywbeth arall? Dwi'n credu bod can o *lager* yn yr oergell.'

'Na, ma hwn yn iawn. Dwi ddim eisie cael 'y nal yn gyrru'r tractor bach dan ddylanwad.'

Gwenodd Dilys a chydio mewn gwydr arall oedd ar ben y cownter ac yfed ychydig. Roedd cynnwys ei gwydr hi yn fwy euraidd na gwyn. Codais 'y ngwydr i 'ngheg a chymryd llwnc dda; roedd y ddiod yn oer ac yn dderbyniol iawn.


*Eistedd yn y gornel gyda'r un hen wydr*
*Ym mwrlwm pesychiade'r gwŷr cotie budr*


Canodd Dilys cyn yfed mwy o'i diod ac yna edrych arna i a dweud, '*Cheers*.'

Codais inne 'ngwydr. '*Cheers*.'

Chwarddodd Dilys ac edrychais yn hurt arni.

'*Cheers*,' medde hi 'to ac amneidio a'i phen at y peiriant CD oedd ar ben yr uned.

Ma'n rhaid ei bod hi wedi sylwi ar yr olwg hurt oedd ar fy wyneb – golwg roedd hi'n hen gyfarwydd â'i gweld yn yr ysgol – gan iddi ddweud, '*Chiz* ddim *cheers*,' ac fe chwarddodd ychydig 'to cyn ymuno yn y canu.

*Glywes i sôn fod gen ti gusan i bawb*
*Rwy'n gwybod yn iawn fod gen ti bawb dan dy fawd*

Ac fe sylweddolais ei bod hi'n cyfeirio at y gerddoriaeth.

Cydiodd Dilys yn y teclyn rheoli a'i anelu at y peiriant i dawelu ychydig o'r sain. 'Huw Chiswell. Ro'n i yn yr ysgol gydag e.'

'O.'

'Ysgol Gyfun Ystalyfera. Dyddie da. Cofia hynny, Gethin, dyddie ysgol yw dyddie gore dy fywyd.' Oedodd am eiliad cyn ychwanegu, 'Ar wahân i ddyddie coleg, falle.' Ac fe yfodd ychydig mwy o'i diod cyn gostwng y gwydr a syllu allan drwy'r ffenest a rhyw olwg bell yn ei llygaid. 'Ond fe a'th e i goleg Aberystwyth ac fe es i i goleg Abertawe.' Yfodd ddracht arall cyn ychwanegu, 'Dwy aber, dwy afon yn llifo ar wahân.'

Do'n i ddim yn gwybod ai dyfynnu un o ganeuon Chiz oedd hi neu hiraethu am y gorffennol, ond ro'n i'n teimlo ychydig yn lletchwith ac fe edrychais o gwmpas y gegin fel bo dim rhaid i fi edrych arni hi.

Roedd y gegin ddwywaith maint ein cegin ni gartre. Roedd sinc a ffenest lydan yn llenwi un ochr a photie blode ar y silff o'i blaen. Ar hyd y tair ochr arall roedd unede pren gole a rhesi o jwge, platie a chwpane wedi eu gosod arnyn nhw yn ôl maint. Roedd ffwrn goch yn cymryd bron hanner un ochr, ac ar y wal uwch ei phen roedd llun o ffermdy wedi ei dynnu o awyren. Pe bai Mam wedi gweld y gegin, fydde hi ddim wedi stopio siarad amdani am wythnose, yn enwedig y ffwrn fawr goch.

Daeth y gân i ben a daeth Dilys 'nôl o ble bynnag roedd hi wedi bod.

'Ti'n neud jobyn da o'r lawnt,' medde hi.

'Diolch.'

'Dwi wedi trio perswadio Rosco i'w ddefnyddio fe, ond mae e'n dweud nad oes gydag e'r amser.'

Rosco? Pwy yw Rosco? meddyliais, yn dal i syllu ar y ffwrn.

'Y tractor bach,' medde Dilys.

'O, ie,' medde fi gan nodio 'mhen yn ddeallus. 'Pe bai e wedi gwrando arnoch chi, falle fydde fe ddim wedi brifo'i gefn.'

Tro Dilys i edrych yn hurt oedd hi nawr. Ond yn wahanol i fi, a oedd yn teimlo'n rhy lletchwith i ofyn am eglurhad pan nad o'n i'n deall rhywbeth rhag ofn y bydden i'n ymddangos yn dwp, doedd dim tamaid o chwithdod yn perthyn iddi hi.

'Beth ti'n feddwl brifo'i gefn? Dyw Rosco ddim wedi brifo'i gefn.'

'O'n i'n meddwl ei fod e, ac mai dyna pam o'ch chi am i fi dorri'r lawntie.'

'Torri'r lawntie? Am beth wyt ti'n siarad? Dwi newydd ddweud wrthot ti nad oes amser gyda Rosco i dorri'r lawnt. Mr Rees sy'n arfer eu torri nhw. Fe sy wedi brifo'i gefn.'

Ac o dipyn i beth – fel un o'i gwersi ffiseg – fe ddechreuodd pethe wneud rhywfaint o synnwyr, ac wrth i fi sylweddoli am bwy roedd hi'n siarad, peidiodd y sgwrs.

Erbyn hyn roedd Chiz yn canu am y lleuad ond roedd hi'n amlwg nad oedd y geirie mor arwyddocaol i Dilys â rhai'r gân flaenorol. Ond yn y saib yn y sgwrs fe ges i gyfle i droi rwbel ein siarad drosodd yn fy meddwl ac fe welais gyfle i ddilyn cyfeiriad mwy proffidiol.

'Dyw'ch gŵr chi ddim 'ma heddi?'

'Dyw e byth 'ma. Gwaith, gwaith, gwaith, drwy'r amser. Ond i fod yn deg iddo fe, mae ei bractis yn un prysur iawn.'

'O, doctor yw e.'

Bu bron iddi dagu ar ei diod. 'Doctor? Rosco? Nage, cyfreithiwr yw e.' Siglodd ei phen ac yfed ychydig yn rhagor cyn siglo'i phen unwaith 'to a dweud, 'Doctor!'

Gwenais a nodio 'mhen gan synnu at 'y nhwpdra fy hun, ond ro'n i'n dal yn benderfynol o gadw at 'y nhrywydd. 'Dwi'n hoffi 'i gar e.'

'Wyt ti? Ma'n well gyda fi'r Mini. Mae e'n mynd fel bwled ac ma e'n hawdd ei barcio yn y dre.'

'O, odi, ma'r Mini'n gar iawn, ond allwch chi ddim ei gymharu fe â Jaguar, allwch chi?'

Dychwelodd yr olwg hurt i'w hwyneb a dyna pryd y dechreuais i feddwl falle nad car ei gŵr oedd y Jaguar glas tywyll.

'Jaguar?'

Ac roedd hi'n amlwg erbyn hyn nad car ei gŵr oedd y Jaguar glas tywyll.

'Roedd Jaguar glas tywyll wedi'i barcio tu fas i'r tŷ pan alwais i 'ma ddoe ac fe feddyliais i mai car 'ych gŵr oedd e.'

'O, na,' ac fe chwarddodd wrth weld 'nghamgymeriad. 'Ddim Rosco sy bia hwnnw. Er, ma'n siŵr y bydde fe wrth ei fodd yn ei berchen e.'

'O,' medde fi, gan esgus chwerthin am 'y nghamgymeriad.

Ond chafodd Dilys ddim trafferth i chwerthin yn iawn, ac yn hir, am 'y nghamgymeriad. Yna estynnodd am y jwg wydr a llenwi 'ngwydr.

'BMW 3 Series sy gyda Rosco,' medde hi ar ôl rhoi'r jwg i lawr a chwerthin ychydig yn rhagor am 'y mhen.

Cymerodd ddracht arall o'i diod ac fe wnes inne'r un peth, gan ddisgwyl iddi ddweud mwy.

Gorffennodd Chiz ganu am y lleuad a daeth sŵn piano yn bownsio fel ci mawr blewog o'r peiriant CD. Ro'n i'n adnabod y gerddoriaeth ond allen i ddim cofio beth oedd y gân. Bydde hi'n siwr o ddod 'nôl pan fydde Chiz yn dechre canu, ond cyn iddo gael cyfle dyma Dilys yn dweud, 'Roedd hwnnw 'ma hefyd pan alwest ti ddoe.'

'Oedd e?' medde fi, ond do'n i ddim yn cofio'i weld e; dim ond y Jaguar ro'n i'n ei gofio.

Aeth popeth yn dawel unwaith 'to. Cymerodd Dilys ddracht arall o'i diod ac yna pwyso 'nôl yn erbyn y cownter gan ddal y gwydr yn erbyn ei boch a'i rolio yn ôl ac ymlaen.

*O! Diar mi.*

Canodd Chiz y gytgan ac fe adnabyddais y gân.

*Mae'n darllen*
*Mae'ch etifeddiaeth ar werth*
*Mae'ch etifeddiaeth ar werth*

'Car ffrind 'ych gŵr yw'r Jaguar, 'te?'

'Fydden i ddim yn ei alw fe'n ffrind.' A chymerodd ddracht arall o'i diod. 'Mwy o gysylltiad busnes.'

'Ma'n rhaid bod y busnes yn llwyddiannus os yw e'n gyrru Jaguar XK.'

'O, odi, ma Wynford yn llwyddiannus iawn.'

'Wynford?'

'Wynford Samways.'

'A beth yw busnes Mr Samways?'

'Adeiladu. Wynford yw perchennog cwmni adeiladu Wynways Construction.'

O'r diwedd!

*Mae'r neges yn glir, mae'r haint ar bob stryd*
*Mae'ch etifeddiaeth ar werth*

Gorffennais 'y niod ond arhosais yno nes i Chiz orffen canu cyn rhoi'r gwydr i lawr ar y bwrdd.

'Diolch.'

'Croeso,' medde Dilys.

'Gwell i fi fynd 'nôl at y tractor bach,' medde fi gan adael y gegin.

Wrth i fi gerdded drwy'r tŷ fe glywais y gân nesa'n dechre; piano'n cael ei chware'n ysgafn.

Cân serch, ma'n siŵr.

Bydd Dilys yn bownd o'i hoffi.

# 15

Pasiodd yr awr a hanner nesa yn gynt o lawer na'r awr a hanner
gynta. Roedd y tractor bach yn gwibio 'nôl a mlaen ar draws
y lawnt yn poeri glaswellt i'r pedwar gwynt. Ac roedd fy
meddwl inne'n gwibio yr un mor ddiwyd er, falle, nid yr un
mor gynhyrchiol. Ro'n i'n trio gwneud rhywfaint o synnwyr o'r
wybodaeth roedd Dilys wedi ei dadlennu. Ac ar ôl yr awr a hanner
o falu a chwalu'r wybodaeth honno roedd gen i bum pwynt bwled
yn chwyrlïo o gwmpas 'y mhen, a dyma nhw:

- Wynford Samways yw perchennog y Jaguar glas tywyll;
- Yng nghar Wynford Samways y daeth Jackie i swyddfa
  Margam Powell;
- Ma Wynford Samways yn berchen Wynways Construction;
- Cwmni adeiladu yw Wynways Construction;
- Ma gyda Wynford Samways gysylltiade busnes â Rosco Grant.

Dwi'n gwybod nad oedden nhw'n llawer; do'n nhw ddim yn
adeiladu o'r naill bwynt i'r llall i greu rhywbeth solid a phendant,
ond o leia ro'n nhw'n wir, ro'n nhw'n ffeithie. Ac yn sgil y pum
ffaith hynny roedd pum cwestiwn yn codi.

1. Beth yw perthynas Wynford Samways a Jackie?
2. Pam mae Jackie'n gweithio i Margam Powell?
3. Beth yw'r cysylltiade busnes rhwng Wynford  a Rosco?
4. A oes gyda hynny rywbeth i'w wneud â Margam Powell?

Ac yn olaf,

5. Beth ar y ddaear ma hyn i gyd yn 'i olygu?

Dwi'n gwybod nad yw'r pump yma'n edrych yn fawr o beth
chwaith pan wyt ti'n eu gweld nhw lawr ar bapur, ond dyna'r gore
allen i ei wneud ar gefn y tractor bach heb bapur yn mynd rownd a

rownd a 'nôl a mlaen am awr a hanner. Ond ro'n i'n berffaith siŵr
y bydde cael atebion iddyn nhw yn gwneud y darlun yn gliriach.

Sychais y glaswellt o olwynion a llafne'r tractor bach a'i yrru
i mewn i'r sied y tu ôl i'r garej; roedd hi bron fel gadael ffrind
newydd ar ddiwedd gwylie'r haf. Bron.

Cerddais at y tŷ a churo ar ddrws agored y gegin. Y radio oedd
arno nawr, siarad ddim canu; rhywun yn cwyno am safon y gwesty
ar ei wylie yn Sbaen ac yn gofyn a fydden i'n barod i wario tri chan
punt am ystafell heb gawod. Ond cyn i fi gael cyfle i ateb daeth
Dilys i'r golwg o dywyllwch y cyntedd a gofyn cwestiwn oedd yn
haws ei ateb, 'Wyt ti wedi gorffen?'

'Odw,' medde fi, gan sgubo'r darne glaswellt oedd wedi gludo i
chwys 'y mreichie.

Diflannodd Dilys o 'ngolwg am eiliad. Roedd hi'n dal i siarad,
yn gofyn cwestiwn arall, dwi'n meddwl, ond ddeallais i'r un gair
ddwedodd hi am fod y fenyw ar y radio yn cwyno am safon y pwll
nofio.

Ailymddangosodd Dilys a gofyn, 'Iawn?'

'Iawn beth?'

'Yr un amser yr wythnos nesa?'

'O, ie, iawn.'

Cododd ei llaw ac estyn papur decunt a phapur pumpunt i fi.

Cymerais yr arian yn ddiolchgar ond roedd rhywbeth yn 'y
ngorfodi i ddweud, 'Deg punt ddwedoch chi.'

'Dwi'n gwybod, ond roedd hynny pan o'n i'n meddwl mai dim
ond dwy awr gymere hi i ti 'u torri nhw. Ond ma tair awr ar bum
punt yr awr yn bymtheg punt.'

'O.' Do'n i ddim yn gwybod beth i ddweud; diolch iddi am yr
arian neu roi llond pen iddi am 'y nghyhuddo i o weithio'n araf.
Ond doedd dim ond un dewis mewn gwirionedd.

'Diolch, wela i chi wythnos nesa.'

Ar fy ffordd i lawr Lôn y Mynydd roedd fy meddwl yn llawn
o feddylie hapus am sut ro'n i'n mynd i wario 'nghyflog pan
ddaeth y BMW du 'ma i gwrdd â fi, ac wrth ei weld diflannodd y

meddylie hynny i gyd a daeth Jackie, Margam Powell a Wynways
Construction i gymryd eu lle.

# 16

Ar ôl cael cawod, newid 'y nillad a chydio mewn banana, ro'n i
mas o'r tŷ ac ar fy ffordd i'r dre a'r pymtheg punt yn llosgi yn 'y
mhoced.

Drwy'r holl amser ro'n i wedi bod gartre, yn y gawod ac yn y
blaen, ro'n i wedi bod yn canu, ond do'n i ddim wedi sylweddoli
beth o'n i'n 'i ganu nes 'mod i'n eistedd ar y bws. Ie, 'na ti, un o
ganeuon Chiz.

*Mae'ch etifeddiaeth ar werth    Bwm di bwm di bwm bwm*

Dwi'n gwybod nad yw Chiz yn canu 'bwm di bwm di bwm bwm',
ond pan nad oes cerddoriaeth yn chware ma'n rhaid i ti lenwi'r
bylche tawel dy hunan. A hyd yn oed nawr a finne'n bwrw am y
dre dwi'n dal i ganu,

*Mae'ch etifeddiaeth ar werth    Bwm di bwm di bwm bwm*

Ac wrth gwrs roedd y gân yn fy atgoffa i o dŷ Dilys a oedd yn
fy atgoffa i o'r Jaguar glas tywyll a oedd yn fy atgoffa i o Jackie
... ac unwaith ro'n i'n dechre ar hyd y llwybr hwnnw ro'n i'n
mynd ymlaen gam wrth gam nes 'mod i'n cyrraedd Wynways
Construction. A dyna lle bydden i'n aros bob tro, yn trio gweld
beth oedd yn cysylltu'r cyfan.

Wrth gwrs ro'n i'n gyfarwydd â'r enw Wynways Construction
ac yn gyfarwydd â'i weld e ar arwyddion mawr wedi 'u clymu i
ffensys uchel o gwmpas safleoedd adeiladu. Do'n i ddim yn cofio
ar ffensys pa safleoedd adeiladu ro'n i wedi gweld yr arwyddion,
ond ro'n i wedi gweld digon ohonyn nhw dros y blynyddoedd i
gofio 'mod i wedi 'u gweld nhw.

Disgynnais o'r bws ac anelu am Cool Pool. Ro'n i wedi tecsto neges i'r bois yn y gobaith y bydde un ohonyn nhw ar gael am gêm. A hithe'n brynhawn braf, poeth arall, mynd am gêm o golff ddylen i fod yn ei wneud, ond gan mai fi oedd yr unig un oedd wedi talu ei dâl aelodaeth am eleni, do'n i ddim wedi bod allan ar y cwrs ers wythnose. Maen nhw'n dweud mai chware yn erbyn dy hunan wyt ti pan fyddi di'n chware golff, ond ma hynny'n wahanol iawn i chware ar dy *ben* dy hunan. Ond fe fydde'n rhaid i fi fynd am gêm cyn bo hir os mai dim ond i dawelu Mam a oedd yn dechre 'nghyhuddo i o wastraffu arian yn ymaelodi â'r clwb ac yna ddim yn mynd yno i chware. Doedd gen i ddim byd i'w wneud y diwrnod wedyn, felly petai un o'r lleill ar gael ac yn ...

A dyna pryd y gwelais i e, jyst fel 'na, ar hanner gwneud nodyn meddyliol i drefnu gêm o golff.

Dwi wedi cyfadde wrthot ti'n barod nad ydw i mor sylwgar â hynny – cofio swyddfa Margam Powell uwchben y siop flode a finne heb sylwi arni? – ond roedd hyn mewn cynghrair ar ei ben ei hun.

Ma'r ysgol gynradd ro'n arfer mynd iddi ryw bum mlynedd 'nôl wedi cau ers haf y llynedd ac ysgol newydd sbon wedi 'i hagor ar bwys y parc a'r ganolfan hamdden. Roedd adeilade'r hen ysgol dros gan mlwydd oed ac wedi dechre dangos eu hoedran, a phawb yn dweud eu bod nhw'n rhy wael i'w hadnewyddu ac mai adeiladu ysgol newydd oedd yr unig ateb. A dyna nethon nhw.

Ond unwaith roedd yr ysgol newydd wedi ei chodi a phawb wedi symud i mewn iddi, yn lle dymchwel yr hen adeilade dyma'r cyngor, syrpreis, syrpreis, yn eu gwerthu nhw i ryw gwmni datblygu a oedd am eu troi nhw'n fflatie moethus dwy a thair ystafell wely, neu o leia dyna roedd e'n 'i ddweud ar yr arwydd mawr ro'n i'n edrych arno a oedd wedi 'i glymu i'r ffens uchel o gwmpas y safle.

O, ie, roedd yr arwydd mawr hwnnw hefyd yn dweud mai Wynways Construction oedd yn gyfrifol am Ddatblygiad yr Hen Ysgol.

Dwi ddim yn gwybod sawl gwaith yn ystod yr wythnose diwetha dwi wedi cerdded heibio'r safle heb sylwi ar yr arwydd. Ond wedyn doedd yr enw Wynways Construction yn golygu dim i fi cyn heddi, felly dyma fi nawr yn aros ac yn edrych arno'n iawn. A dyma fi'n ei ddarllen, yn ei ystyried ac yna'n ei ddarllen 'to cyn ei ystyried ymhellach. Ac ar ôl gwneud hynny dro neu dri arall fe gerddais at fynedfa'r safle a syllu drwyddi.

Roedd yr iard yng nghanol pedol yr adeilade ac yno ro'n i wedi chware dal, pêl-droed, criced ac wedi cael dyn a ŵyr faint o wersi answyddogol bywyd. Ond nawr roedd hi'n llawn peirianne, dau bortacabin a dynion yn cerdded yn ôl ac ymlaen yn noeth hyd eu canol ac yn frown fel cnau a hetie melyn caled ar eu penne.

Syllais i arnyn nhw, y peirianne, y portacabins a'r adeilad, sawl gwaith tra oedd y meddylie'n troi driphlith draphlith yn 'y mhen yn union fel ma tywod, dŵr a sment yn troi mewn cymysgwr. Allen i fod wedi aros yno drwy'r dydd yn edrych a meddwl ond dwi'n ame a fydden i damaid callach, felly gyda, 'Iawn, Geth boi,' i annog fy hunan, fe gerddais i mewn drwy'r glwyd a dilyn yr arwydd 'Site Office' a oedd yn cyfeirio at ddrws yr ysgol.

# 17

'Nage, nage. Dydd Iau, heddi, dyna beth wedes i, dau o'r gloch prynhawn dydd Iau ... Nage, paid dechre, dwi'n gwbod beth wedes i ... Ie fi, fi ffoniodd... Rhif? Pa rif? Rhif archeb... Pa archeb?'

Arhosais wrth ddrws yr ystafell, sef hen ystafell y prifathro, Mr Morris-Jones, yn gwrando ar y dyn yn colli ei dymer ar y ffôn. Tra oedd y sgwrs yn adeiladu i'w hanterth, fe edrychais i o gwmpas yr ystafell. Drwy'r ffenest fe allen i weld yr iard a phrysurdeb y gwaith adeiladu; ar y wal gyferbyn â'r ffenest roedd nifer o fapie a chynllunie: mapie o'r ardal o amgylch yr ysgol a chynllunie o'r newidiade roedd Wynways Construction yn eu gwneud i'r ysgol.

Oddi tanyn nhw roedd bwrdd ac arno roedd model o'r datblygiad a chyfrifiadur oer a dall.

'Nawr paid trio bod yn glyfar gyda fi,' bygythiodd y dyn. 'Ti'n gwbod bod ni'n prynu gwerth miloedd o bunnoedd gyda chi bob mis... Ti'n meddwl? Wel cofia fod 'na gwmnïe er'ill i' ga'l.'

Safai'r dyn o flaen y ddesg a'i gefn tuag ata i. Roedd e'n ddyn mawr, dros ddau fetr o daldra ac o leia metr o led ar draws ei ysgwydde, neu dyna fel roedd hi'n ymddangos i fi. Allen i ddim gweld y ffôn yn ei law a phe bawn i yn sgidie'r person oedd ar y pen arall fe fydden i'n ddiolchgar fod 'na filltiroedd o wifre rhyngon ni.

A barnu yn ôl ei faint a'r dillad roedd e'n eu gwisgo, a'r ffaith ei fod yn sefyll yn lle eistedd yn gyffforddus yr ochr arall i'r ddesg a'i draed lan arni, a ddim yn gwybod beth oedd archeb, roedd hi'n deg casglu ei fod e'n fwy cyfarwydd â gweithio tu allan ar y safle nag yn y swyddfa yn trafod busnes dros y ffôn. Ond os mai gwaith swyddfa oedd ei arbenigedd roedd mawr angen gwella'i sgilie cyfathrebu.

'A shwd fyddet ti'n lico cael tunnell o goncrit yn disgyn ar dy ben? Wel 'na beth byddi di'n ca'l os na fydd y tri chant o *plaster boards* yma erbyn diwedd y dydd.' Ac fe darodd y ffôn i lawr yn galed ar y ddesg cyn dechre twrio yn y pentwr papure oedd arni.

'Rhif archeb, ble uffern dwi fod cael gafel ar rif archeb?' mwmialodd wrtho'i hun.

Twriodd a rhegi am yn ail am sawl eiliad cyn rhoi'r gore iddi. Taflodd y dyrnaid o bapure oedd yn ei law i lawr ar y ddesg a throi am y drws. Fe welodd fi a rhewi, yn union fel petai tunnell o goncrit wedi disgyn ar ei ben.

'A beth wyt *ti* moyn?' poerodd, gan fradychu ymhellach ei ddiffyg sgilie rhyngbersonol.

'Gwaith.'

'Gwaith? Pwy? Ti?'

'Ie.'

Chwarddodd a throi 'nôl at y ddesg, ond pan welodd mai dim

ond y pentwr papure oedd yn ei ddisgwyl fan yno fe drodd 'nôl ata
i.

'Ysgrifennais i atoch chi rai wythnose 'nôl,' medde fi heb owns
o gywilydd, 'Ac fe ges i lythyr yn dweud wrtha i i alw mewn.'

'I weithio?'

'I drafod gwaith.'

'Shwd fath o waith?'

Codais fy ysgwyddau. 'Dwi ddim yn gwybod; falle mai dyna
oedd Mr Samways am ei drafod gyda fi.'

Syllodd arna i gan symud ei lygaid i fyny ac i lawr o 'nghorun
i'm sawdl. Fe driais ychwanegu at fy hyd a'm lled a meddwl y
dylen i fod wedi yfed gwydred arall o *barley water* Dilys Grant i
wneud gwell argraff arno fe. Ac yn yr amser gymerodd hi iddo fe
ddweud beth oedd ar ei feddwl fe allen i fod wedi mynd lan i Lôn
y Mynydd i nôl un.

'Ysgrifennodd Mr Samways atot ti?' medde fe o'r diwedd, yn
dal i edrych yn amheus arna i.

'Neu rywun ar ei ran. Falle fod 'na gopi ar ffeil gyda chi.' Ac
edrychais yn awgrymog ar y cawdel papure ar y ddesg. Edrychodd
ynte arnyn nhw ond doedd dim tamed mwy o frwdfrydedd yn ei
lygaid nawr nag oedd cynt.

'Y'ch chi am i fi edrych?' gofynnais, gan symud at y ddesg.

Edrychodd y dyn arna i ac oedodd am eiliad neu ddwy yn
disgwyl am y neges i gyrraedd o'i ymennydd i ddweud wrtho beth
ddyle fe wneud. Ond roedd hi'n hir yn dod ac yn yr amser hwnnw
ro'n i wedi cerdded o gwmpas y ddesg a chydio mewn dyrnaid o
bapure.

'O leia fe alla i roi trefn ar y rhain i chi,' medde fi, a dechreuais
roi tebyg ar debyg.

Roedd y papure'n wir yn gawdel; yn gymysgedd o filie,
anfonebe, copïe o archebion, llythyre oddi wrth bobl oedd â
diddordeb mewn prynu'r fflatie pan fydden nhw wedi eu gorffen,
amlenni gwag a hyd yn oed rai amlenni a oedd heb 'u hagor.

Cadwodd y dyn ei lygad arna i tra o'n i'n mynd trwy'r

papure, yn ansicr beth ddyle fe wneud. Ma'n siŵr fod pob math o gyfrinache a ffeithie a fydde o ddiddordeb i adeiladwyr eraill i'w cael yno, ond do'n i ddim tamaid callach. Wrth gwrs doedd dim llythyr yno ac ymhen rhyw ddwy funud fe siglais 'y mhen yn siomedig.

'Na, 'dyw e ddim yma,' medde fi gan edrych o 'nghwmpas mewn gobaith y bydde'r llythyr yn ymddangos o'r awyr.

'Welest ti rif archeb yn 'u canol nhw?' gofynnodd y dyn a oedd yn poeni llai na fi, os oedd hynny'n bosibl, am fy llythyr.

'Ma sawl archeb yna.'

'Ble?'

Estynnais y swp ffurflenni archeb iddo a cherdded 'nôl i ochr arall y ddesg.

Ro'n i'n ame a o'n nhw'n gwneud tamaid mwy o synnwyr iddo fe nag o'n nhw i fi, ond fe aeth e drywddyn nhw o leia hanner dwsin o weithie yn chwilio am archeb am dri chant o *plaster boards*. Doedd 'na'r un yna. Fe allen i fod wedi dweud hynny wrtho fe cyn iddo fe ddechre chwilio, ond weithie, dwi'n credu, ma'n well i bobl ffeindio'r pethe hyn mas drostyn nhw'u hunain.

Fe droais i unwaith 'to i edrych ar y cynllunie ar y wal ac astudio'r gwahanol lefydd roedd Wynways Construction yn eu datblygu yn yr ardal a cheisio rhesymu beth ar y ddaear ro'n i'n 'i wneud 'na. Ro'n i wedi cael fy arwain yno gam wrth gam o Lôn y Mynydd, ond pam? A beth oedd y cam nesa? Yn llyfre Raymond Chandler, pan fydd Philip Marlowe yn cyrraedd *dead end* ma rhywbeth wastad yn digwydd – dyn yn dod drwy'r drws a gwn yn ei law, rhywun yn ffonio ac yn datgelu rhan o'r gyfrinach a'i anadl olaf, neu lythyr yn disgyn allan o lyfr – rhywbeth a fydde'n agor llwybr arall iddo. Ond ma'n rhaid mai dim ond mewn llyfre ma pethe fel'ny'n digwydd.

'Do's dim byd am *plasterboards* ar yr un o'r rhain,' medde'r dyn.

'Na?' medde fi, gan droi tuag ato. Roedd e'n dal i edrych drwy'r ffurflenni, yn mynd o'r naill i'r llall yn chwilio am y geirie hud, *plasterboards*, er ei fod yn gwybod cystal â fi erbyn hyn nad oedden nhw yno. Ar yr ochr chwith iddo roedd y ffenest, a thu hwnt iddi yr iard. Fflachiodd rhywbeth heibio'r ffenest; codais fy llygaid a gweld bod y Jaguar glas tywyll newydd yrru i mewn drwy'r glwyd. Roedd hi'n union fel petai'r dyn â'r gwn wedi ffonio i ddweud gyda'i anadl olaf ym mha lyfr y dethen i o hyd i'r llythyr.

# 18

Roedd y dyn wrth y ddesg yn dal i siarad gyda fi, am *plasterboards* fwy na thebyg, ond do'n i ddim yn gwrando arno fe. Roedd fy sylw i gyd ar y Jaguar glas tywyll, ar ddrws y gyrrwr yn agor, ar y dyn mewn siwt ole hafaidd oedd yn dod allan ohono ac yn cerdded yn hunanfeddiannol tuag at y swyddfa. Pan ddaeth e mewn drwy'r drws ro'n i'n edrych ar y cynllunie ar y wal, ond roedd fy sylw i gyd arno fe.

'Bob, odi'r rhestr o newidiade ma'r pensaer yn mynnu 'u cael gyda ti?'

'E? O, helô, Mr Samways.'

'Odyn nhw?'

'Odyn, ma nhw fan hyn.' A dechreuodd wneud 'y mhentyrre taclus yn anniben unwaith 'to.

Roedd gen i gof o weld rhywbeth a oedd yn sôn am *specifications, alterations* ac *adaptations,* ond gan fod Bob yn edrych fel petai e'n cael amser ei fywyd yn chware gyda'r holl bapur, fe gadwais i'n dawel. Edrychodd Wynford Samways o'i gwmpas yn ddiamynedd ac wrth gwrs fe welodd fi'n sefyll yno'n trio bod yn anweledig.

'Pwy wyt ti?' gofynnodd yn swta, ac ro'n i'n gwybod ar unwaith lle'r oedd Bob wedi dysgu ei sgilie cyfathrebu.

'Gethin Evans.'

'A beth wyt ti moyn?'

'Gweld os oes cyfle am waith.'

'Ti?'

'Ie.'

Syllodd arna i, ond ddim i fyny ac i lawr o 'nghorun i'm sawdl fel roedd Bob wedi gwneud, ond drwydda i, i fyw fy llygaid. Roedd Wynford Samways tua'r un oedran â 'nhad, falle blwyddyn neu ddwy yn iau, pedwar deg tri, pedwar deg pedwar, rhywbeth fel'ny, ac os oedd e erioed wedi gweithio a'i ddwylo ar un o'i safleoedd, roedd blynydde ers hynny a'i gyhyre wedi hen droi'n fraster.

'Beth yw dy grefft?'

'Crefft ..?'

'Ie, beth wyt ti, saer, trydanwr, beth?'

'Does 'da fi ddim crefft.'

'Wel do's 'da fi ddim gwaith i ti, 'te.' Tynnodd ei lygaid allan o fy enaid a throi i ffwrdd, wedi fy anghofio i'n llwyr.

'Dere mla'n, Bob, wyt ti 'di ffeindio'r rhestr 'na 'to?'

'Nadw, Mr Samways, ma popeth yn draed moch 'ma.'

Cerddais i gyfeiriad y drws.

'Ddylet ti gadw gwell trefn ar bethe.'

'Wel ddim y 'y ngwaith i yw e. Mas fynna'n cadw llygad ar y dynion ddylen i fod, ddim mewn fan hyn.'

'Dwi'n gwbod 'ny, ond fel'na ma'i am y tro.'

Ro'n i wedi agor y drws ac roedd 'y nhroed dde wedi croesi'r rhiniog pan glywais i Bob yn dweud, 'Ie, ond all Jackie ddim dod 'nôl eiliad yn rhy glou i fi.'

# 19

Wel dyna'r ateb i gwestiwn un ar fy rhestr, sef 'Beth yw perthynas Wynford Samways a Jackie?' Jackie yw ei ysgrifenyddes. Ond ar hyn o bryd, am ryw reswm, roedd hi'n bwysicach i Samways ei bod hi'n gweithio i Margam Powell nag iddo fe. Ro'n i'n gwybod mai dros dro yn unig roedd hi wedi newid ei swydd gan fod Bob yn ei disgwyl hi 'nôl. Ond beth bynnag oedd y rheswm dros hynny, rhaid ei fod e'n un pwysig.

Mor bwysig fel bod Samways yn barod i ymddiried Datblygiad yr Hen Ysgol i Bob y Bildar (ie, dyna o'n i'n ei feddwl 'fyd ar ôl sylweddoli; allet ti ddim neud e lan, allet ti?) er mwyn rhyddhau Jackie i fynd i weithio i rywun arall. Ond ddim i *unrhyw* rhywun arall, ond i Margam Powell.

Ac os wyt ti'n cofio, 'Pam mae Jackie'n gweithio i Margam Powell?' oedd yr ail gwestiwn ar y rhestr, ac os ydw i'n mynd i weithio drwy'r pum cwestiwn fesul un, dyna'r cwestiwn fydd yn rhaid i fi ei ateb nesa.

Roedd hi'n amlwg mai gyda Margam Powell oedd yr ateb. Roedd hi hefyd yn amlwg nad oedd Jackie wedi cael ei dwylo arno fe 'to (beth bynnag oedd *e*, y gyfrinach, y MacGuffin 'ma oedd Samways ar ei ôl), neu pe bai hi wedi ei gael, yna fe allet ti fentro y byddai Samways (a Bob) wedi ei chael hi 'nôl i'r swyddfa.

Ac wrth hel meddylie am y MacGuffin ... (MacGuffin? Do's gyda fi mo'r amser i esbonio i ti beth yw e nawr; fe alli di wneud hynny yn dy amser dy hun ar Wikipedia, http://en.wikipedia.org/wiki/MacGuffin. Y cyfan ddweda i yw ei fod e'n air cyfleus am rywbeth does gyda ti ddim syniad beth yw e) ac felly, tra o'n i'n meddwl am y rywbeth doedd gen ti ddim syniad beth oedd e fe orffennais y *Coke*, codi o'r bwrdd a rhoi'r can i lawr ar y cownter.

'Wyt ti eisie un arall?' gofynnodd Caryl.

'Na, dim diolch. Wedyn falle.'

'Iawn. Bydd yn ofalus.'

'Hei, beth alle fynd o'i le?' medde fi, yn teimlo'n fawreddog.

Ond dim ond syllu arna i wnaeth Caryl, a gan wybod yn well na dweud mwy fe adewais.

Paid poeni, dwyt ti ddim wedi colli dim. Wel, i fod yn fanwl gywir, wyt, rwyt ti wedi 'ngholli i yn cerdded o safle Wynways

Construction i Gaffi Tapini ac yna, rhwng cwsmeriaid, yn dweud wrth Caryl beth o'n i wedi ei ddarganfod am Jackie. Ond gan dy fod ti'n gwybod hynny i gyd yn barod, fe benderfynais wneud fy rhan dros yr amgylchedd ac arbed ychydig o bapur.

Ma'n rhaid i fi ddweud bod rhannu gyda Caryl yr hyn dwi'n ei ddarganfod yn help mawr i fi ddeall beth sy'n digwydd. Pam Caryl? Wel am ei bod hi wedi bod yno o'r dechre fwy na thebyg, o'r tro cynta i fi weld Jackie.

Pam ddim y bois? Wel, yn un peth, am na fydde gyda nhw ddim diddordeb ynddo fe. Fe fydde gyda nhw lot fawr o ddiddordeb yn Jackie, wrth gwrs, ond dwi'n gwybod yr eiliad y bydden i'n sôn am ddirgelwch bydde'u llygaid nhw'n dechre troi yn eu penne, eu cege'n dechre agor yn flinedig a bydde un ohonyn nhw'n siŵr o ddweud, 'Lwc owt, ma Sam Spade wedi codi o'i fedd', a bydde rhywun arall yn dweud, 'Ble ma'r rhaw 'na i fi gal 'i gladdu fe 'to?' a dyna lle bydden nhw i gyd yn cerdded rownd fel sombis am y pum munud nesa.

Na, ma gyda Caryl lawer mwy o gydymdeimlad na nhw. Ac ar ôl i fi ddweud hanes Wynways Construction wrthi fe drafodon ni drafod beth ddylen i wneud nesa, ac ma'n dda gyda fi ddweud ein bod ni'n dau'n gytûn.

Ond cyn i ti fynd yn sensitif a phwdu am nad ydw i'n dweud popeth wrthot ti, man a man i ti gael gwybod 'mod i'n dal heb ddweud wrth Caryl am yr hyn ddigwyddodd yn y Crystal Lagoon, felly rwyt ti'n gwybod mwy na hi. Hapus nawr?

Reit, mlaen â ni.

Ma hi'n hanner awr wedi pump dydd Iau a dwi'n croesi'r ffordd o Gaffi Tapini gan anelu'n syth am swyddfa Margam Powell. Roedd pobl y siop flode o dan y swyddfa wedi cymryd yr ychydig flode oedd ar ôl ar y stand tu fas i mewn i'r siop, ac o un i un roedd y siope eraill yn y stryd wedi cau a'r gweithwyr i gyd wedi mynd adre, gan gynnwys Jackie a adawodd am bum munud ar hugain wedi pump.

Dwi'n gwybod hyn i gyd am 'mod i wedi bod yn treulio'r tri

chwarter awr ddiwetha'n gwylio'r mynd a'r dod ar y stryd o Gaffi Tapini. Dwi'n gwybod hefyd bod Margam Powell yn dal yn ei swyddfa. A da o beth hynny, am mai fe o'n i am 'i weld.

# 20

Dringais y grisie am y tro cynta ers diwrnod y cyfweliad a churo ar y drws.

'Ie?'

Roedd Margam Powell yn eistedd wrth y ddesg, ei gefn at y ffenest a'i wyneb yn y cysgod. Hanner cododd ei ben a dweud, 'Dewch i mewn.'

Ond doedd e ddim wedi 'ngweld i'n iawn; roedd ei feddwl ar beth bynnag roedd e'n ei ddarllen ar y ddesg o'i flaen.

'Steddwch, fydda i ddim eiliad. Oes gyda chi apwyntiad?'

'Nago's,' medde fi ac eisteddais yn yr un gadair ro'n i wedi eistedd ynddi wythnos ynghynt.

'O?' ac fe gymerodd fwy o sylw ohona i. 'Mae'n ddrwg 'da fi ond os nad oes gyda chi apwyntiad ...'

A dyna pryd gofiodd e pwy o'n i, neu o leia fe sylweddolodd ei fod e wedi 'ngweld i o'r blaen.

'Helô, Mr Powell,' medde fi i bwysleisio'i anfantais.

'Helô ..?'

'Gethin. Gethin Evans.'

Ond doedd yr enw ddim yn golygu dim byd iddo fe, ac fe ddechreuais feddwl pa fath o dditectif oedd Margam Powell mewn gwirionedd.

Edrychodd arna i'n ansicr. 'Mae'n ddrwg gen i ond ...'

'Ro'n i ma bythefnos yn ôl. Yn chwilio am waith.'

'O, ie. Dwi'n cofio nawr.' Ac fe bwysodd 'nôl yn ei gadair, yn amlwg yn falch fod ganddo un dirgelwch yn llai i'w ddatrys.

'Meddwl o'n i os o'ch chi wedi penderfynu ...'

'Am y swydd?'

'Ie.'

'Odw, Gerwyn ...'

'Gethin.'

'... dwi wedi penodi rhywun; rhywun profiadol a chymwys.'

'O, pryd?'

'Pryd?'

'Ie, pryd benodoch chi nhw?'

'Bythefnos yn ôl, y diwrnod ddaethoch chi i 'ngweld i, fel mae'n digwydd. Ond mae'n siŵr eich bod chi'n gwybod hynny'n barod.'

'Nadw. Pam fyddech chi'n meddwl hynny?'

'Gan eich bod chi wedi derbyn llythyr yn dweud hyn i gyd.'

'Dwi ddim wedi derbyn llythyr.'

'Fe ddylech chi,' medde fe'n bendant.

'Ond dwi ddim,' medde fi yr un mor bendant.

'Wel, fe ofynnais i i Miss Thomas – yr ymgeisydd llwyddiannus – i ysgrifennu at yr ymgeiswyr aflwyddiannus. Dyna oedd ei gwaith cynta pan ddechreuodd ar y swydd ddydd Llun diwetha.'

'Wel, dwi ddim wedi derbyn unrhyw lythyr.'

'Dwi'n 'i chael hi'n anodd credu hynny. Mae Miss Thomas yn ferch ...'

'Brofiadol a chymwys?'

'... gydwybodol ac effeithiol a fyddai ...'

'Wrth ei bodd yn dweud wrtha i mai hi ga'th y swydd.'

Tynnodd Powell ei hun i fyny ac ailosod ei sbectol ar ei drwyn. 'Fydden i ddim yn dweud hynny, ond ...'

Canodd y ffôn ac estynnodd Powell amdano. 'Prynhawn da. Margam Powell, Gwasanaeth Ymholi Personol. Sut alla i eich helpu?'

Yr un cyfarchiad wedi ei ddweud yr un mor broffesiynol â'r

tro diwetha ro'n i yn y swyddfa. Ac fel y tro hwnnw, ar ôl ychydig eiliadau o wrando, cododd Margam Powell o'i gadair a dweud, 'Arhoswch funud, mae gyda fi rywun arall yma ar hyn o bryd; fe gymera i'r alwad yn yr ystafell arall.' Ac fel y tro diwetha fe ddiflannodd e drws nesa.

Ac eto fel y tro diwetha, fe godais inne o 'nghadair a mynd at y ddesg ac edrych ar y ffeilie oedd arni. Roedd gen i frith gof fod chwe ffeil wedi bod yno'r tro diwetha, ond do'n i ddim yn cofio rhyw lawer am yr hyn oedd wedi 'i ysgrifennu ar eu clorie, rhywbeth am Morrisons, dwi'n meddwl, a rhywbeth am y llys – rhyw achos yn llys yr ynadon fwy na thebyg. Ond roedd ffeilie pythefnos yn ôl yn cyfri dim; beth oedd yno nawr oedd yn bwysig, ac yn bwysicach fyth, gobeithio, beth oedd Margam Powell wedi bod yn ei ddarllen pan ddes i mewn i'r swyddfa.

Roedd y ffeil honno'n dal ar agor a'r papure A4 rhydd yn ddau bentwr bychan, y rhai roedd e wedi eu darllen ar yr ochr chwith a'r rhai oedd e eto i'w darllen ar yr ochr dde. Ar y ddalen uchaf ar yr ochr dde roedd dwy golofn o ffigure, un yn fesuriade – ro'n i'n gwybod hynny o'r llythyren 'm' oedd ar eu hôl – a'r llall yn arian – ac ro'n i'n gwybod hynny o'r arwydd £ oedd o'u blaen. Ro'n i'n teimlo fel real ditectif. Ond dim ond am eiliad. Yn anffodus doedd dim syniad gyda fi beth oedd ystyr y ddwy sym. Yr unig beth amlwg amdanyn nhw oedd eu bod nhw'n ffigure mawr, ro'n nhw'n anferth, yn y cannoedd o filoedd o fetre a phunnoedd.

Codais y pentwr ar yr ochr chwith yn ofalus a'i droi i weld y clawr blaen. Wedi eu hysgrifennu arno roedd y geirie Llys y Frân. Llys y Frân? Ai dyna'r llys ro'n i wedi ei weld y tro diwetha ac nid llys yr ynadon? Neu a oedd y ffeil hon yn un newydd? Neu a oedd 'na ddwy ffeil â llys yn eu henwe? Ond ble bynnag ro'n i wedi gweld yr enw o'r blaen, roedd e'n bendant yn canu cloch. Ond ymhle ..?

Clywais lais Margam Powell yn codi'n uwch yn yr ystafell nesa fel pe bai'n trio dod â'r alwad i ben. Gwibiais yn gyflym drwy'r papure eraill yn y ffeil. Ynddyn nhw roedd sôn am ryw ffordd newydd, rhyw fynedfa a rhyw gymdeithas, ond yr hyn oedd yn sefyll allan oedd y geirie Wynways Construction.

Fe fydden i wedi hoffi cael mwy o amser i ddarllen y ffeil o'r dechre i'r diwedd ond roedd amser yn brin ac ro'n i'n teimlo y dylen i edrych ar y ffeilie eraill hefyd.

Felly rhoddais y papure 'nôl yn daclus yn eu lle a tharo golwg gyflym ar y tair ffeil arall: Apêl Morrisons (3); Richards vs Pringle ac Achosion Llys yr Ynadon 17/7-6/15. Ceisiais 'y ngore i gofio'u teitle rhag ofn eu bod nhw'n bwysig. Ac ro'n i'n eu hailadrodd nhw drosodd a throsodd yn 'y mhen wrth i fi fynd 'nôl i'r gadair.

'Mae'n ddrwg gen i am hynna,' meddai Margam Powell, gan ddod yn ôl i'r ystafell a mynd i eistedd wrth y ddesg. 'Galwad ddigon rhyfedd hefyd, a dweud y gwir ...' ac edrychodd yn ddryslyd at ddrws yr ystafell arall am eiliad neu ddwy. '

'Gwiwerod ..?' sibrydodd wrtho'i hun – neu dwi'n credu mai dyna roedd e wedi'i sibrwd wrtho'i hun – cyn troi ata i a syllu arna i'n dawel.

'Fyddwch chi'n anfon un arall?' gofynnais er mwyn torri ar draws y tawelwch.

'Un arall?' Ac ro'n i'n gallu ei weld yn hel ei feddylie ynghyd.

'Llythyr i esbonio am y swydd.'

'Oes angen un arnoch chi? Ry'ch chi'n gwybod beth yw'r sefyllfa nawr, on'd y'ch chi, Gareth, ac mae digon o waith arall gyda Miss Thomas i'w wneud.'

Nes i ddim trafferthu 'i gywiro, dim ond nodio 'mhen a chodi. 'Chi'n iawn. Dwi'n deall y sefyllfa ac yn gwybod lle dwi'n sefyll. Diolch.'

'Croeso. Ond cofiwch os byddwch am 'y ngweld i eto, gwnewch apwyntiad gyntaf.' Ac fe blygodd yn ôl dros y ffeil.

Ond wrth i fi adael y swyddfa fe welais i e'n codi ei ben unwaith 'to ac edrych yn ddryslyd i gyfeiriad yr ystafell arall.

# 21

'Gwiwerod?'

Ro'n i'n gwybod o'r ffordd roedd hi'n cadw'i chefn tuag ata i cymaint ag y gallai ei bod hi'n teimlo'n lletchwith.

'Gwiwerod!' ailadroddais gyda mwy o deimlad, ac fe drodd Caryl i fy wynebu.

'Nes i banico, iawn?'

'O'n i'n meddwl ein bod ni wedi cytuno ar y stori. Dy fod ti'n chwilio am dy frawd a oedd wedi cael ei fabwysiadu pan o'ch chi'n fabanod.'

'Dwi'n gwybod, dwi'n gwybod, ond pan ofynnodd e sut alle fe fy helpu i roedd e'n swnio fel ei fod e wir yn poeni ac allen i ddim dweud celwydd wrtho fe am ryw frawd sy ddim gyda fi.'

'Ond ma gyda ti wiwerod?'

'Oes, fel mae'n digwydd.' Ac fe roddodd hi'r gore i esgus golchi'r cownter, a oedd fel pin mewn papur beth bynnag gan ei bod hi wedi bod yn ei lanhau yn ddi-baid ers i fi ddychwelyd o swyddfa Margam Powell. 'Mae rhai llwyd yn y coed tu ôl i'n tŷ ni ac maen nhw'n gallu bod yn niwsens yn dod i mewn i'n gardd ni …'

'A gofynnest ti i Margam Powell a alle fe gael gwared ohonyn nhw?'

'Am gyngor ar sut allen i gael eu gwared nhw.'

Ochneidiais. Ro'n i'n teimlo'n rhy wan i ddweud mwy. Roedd hi fel pe bai'r adrenelin oedd wedi 'nghario i dros yr hanner awr ddiwetha wedi gollwng drwy 'nhraed a 'ngadael mor llipa â macyn poced. Ond ddim Caryl. Ar ôl ei phwl o letchwithdod am y wiwerod roedd hi'n ddigon siaradus, y mwya ro'n i wedi 'i chlywed hi mewn gwirionedd.

'Ond fe weithiodd e, on'd do fe? Fe adawodd e'r stafell, on'd do fe? Ac fe gest ti gyfle i edrych ar y ffeilie, on'd do fe?'

Mwmialais rywbeth ond doedd hynny ddim yn ddigon o ateb i

Caryl.

'On'd do fe?'

'Do,' cytunais.

'A beth oedd ynddyn nhw?'

Ac fe soniais i am drydedd apêl Morrisons, am Richards yn erbyn Pringle ac am achosion Llys yr Ynadon – er do'n i ddim yn cofio'r rhife – a gorffen gyda Llys y Frân a chymaint ag yr o'n i'n ei gofio am gynnwys y ffeil.

'A dyna'r ffeil roedd e'n ei ddarllen pan gyrhaeddest ti?' gofynnodd Caryl.

'Ie.'

'Wyt ti'n meddwl mai hwnnw yw'r achos pwysig?'

Codais fy ysgwydde. 'Falle.'

'Wyt ti'n gwybod beth yw neu lle mae Llys y Frân?'

Siglais 'y mhen. 'Nadw. Ma'r enw *yn* canu cloch, ond dwi ddim yn gwybod os mai am fod y ffeil yn swyddfa Margam Powell bythefnos 'nôl ma hynny neu beth.'

'Ond fe allet ti fod wedi gweld yr enw yn rhywle arall?'

'Gallen.'

'Ond dwyt ti ddim yn cofio.'

Siglais 'y mhen 'to. 'Nadw.'

Ond wrth i fi siglo 'mhen dechreuodd y darne ddisgyn i'w lle ac ro'n i'n meddwl 'mod i *yn* cofio lle'r o'n i wedi gweld enw Llys y Frân o'r blaen. Ma'n rhaid bod fy osgo, neu'r olwg ar fy wyneb, neu rywbeth arall, wedi bradychu'r weledigaeth gan i Caryl ofyn, 'Beth?'

Edrychais arni gan geisio ymddangos yn ddi-hid, ac yn yr ychydig eiliade gymerodd hi i fi wneud hynny roedd pob math o feddylie wedi mynd drwy 'meddwl am beth fydde 'ngham nesa a faint ddylen i ddweud wrth Caryl, fel mai 'Dim byd' oedd yr ateb gore allen i ei roi, felly dyma fi'n dweud, 'Dim byd.'

'Dim byd?'

'Ie.'

'Felly does gyda ti ddim syniad beth i'w wneud nesa?'

'Na, ddim 'to. Bydd rhaid i fi feddwl cyn gwneud dim byd.'

'O.'

Edrychais ar fy wats. 'Hei, ma'n rhaid i fi fynd. Wela i ti fory. Falle bydda i wedi meddwl am rywbeth erbyn hynny.'

'Iawn.'

Ac fe adewais Gaffi Tapini, yn weddol siŵr 'mod i wedi argyhoeddi Caryl na fydden i'n gwneud dim tan y bydden i'n 'i gweld hi drannoeth.

# 22

Ond doedd hynny ddim cweit yn wir.

Er 'mod i wedi dweud wrth Caryl y bydde'n rhaid i fi feddwl cyn penderfynu beth fydde'r cam nesa, mewn gwirionedd roedd gyda fi syniad eitha da beth o'n i'n mynd i'w wneud, ond do'n i ddim am i Caryl wybod rhag ofn y bydde hi am ddod gyda fi, a do'n i ddim am iddi wneud hynny.

Doedd gyda hynny ddim byd i'w wneud â'r ffaith mai merch yw Caryl, ond o ystyried beth oedd gyda fi mewn golwg, ro'n i *yn* poeni am ei diogelwch, a hefyd roedd Raymond Chandler wedi dweud y dylai ditectif ymddwyn fel un o farchogion y Brenin Arthur ac ymladd ei frwydre ar ei ben ei hun, ac os yw hynny'n ddigon da i Philip Marlowe, mae e'n ddigon da i fi.

A dyna pam, am hanner awr wedi deg y noson honno, a'm rhieni'n meddwl 'mod i dal mas gyda'r bois, a'r bois yn meddwl 'mod i wedi mynd adre am noson gynnar, dyma fi unwaith 'to yn sefyll ar 'y mhen fy hun tu fas i'r hen ysgol gynradd. Ond do'n i ddim yn sefyll o flaen y prif glwydi y tro hwn lle'r o'n i'n gwybod bod yna oleuade llachar a oedd yn cynne bob tro bydde rhywun yn cerdded heibio'n rhy agos iddyn nhw, ond yn y cefn ar bwys lle'r oedd y tai bach yn arfer bod.

Er bod to'r adeilad wedi ei dynnu a'r llechi wedi cael eu hailgylchu, roedd rhai o'r walie'n dal yno fel y gallai'r pensaer eu defnyddio nhw fel rhyw *feature* yng ngardd gymunedol y fflatie, os o'n i'n cofio'n iawn o'r cynllun ro'n i wedi ei weld ar wal y swyddfa y prynhawn hwnnw. Ond ddim adfeilion y tai bach oedd o ddiddordeb i fi ond eu lleoliad ar bwys cornel wal yr hen iard chware a'r ffens uchel oedd wedi ei chodi arni er mwyn atal peli rhag cael eu cicio i'r ffordd fawr. Ond rhwng y ffens a chefn y tai bach roedd yna fwlch cul a oedd yn ddigon llydan i rywun wasgu drwyddo a disgyn i'r llwybr a redai wrth gefn yr ysgol.

Ro'n i'n gwybod hynny gan 'mod i wedi gwasgu drwyddo fe sawl gwaith pan o'n i'n ddisgybl yno i nôl y bêl o'r ffordd – wel, os oes rhywun yn mynd i godi ffens i'ch stopio chi rhag cicio'r bêl allan o'r iard, yna ma'n ddyletswydd ar bob bachgen gwerth yr enw i berffeithio'r ddawn o gicio pêl drosti. A dyna oedd un o hoff gampe amser chware ni fechgyn.

Cyrhaeddais y llwybr a redai wrth gefn yr ysgol yn ddiffwdan a gwneud fy ffordd drwy'r drysni oedd yn tyfu bob ochr iddo at wal gornel yr iard chware. Edrychais dros gornel y wal a gweld cefn y tai bach a'r ffens a'r bwlch a oedd rhyw bymtheg neu ugain centimetr o led. A dyna pryd y sylweddolais efallai bod y bwlch yn union fel ag yr oedd e chwe blynedd ynghynt, ond do'n *i* ddim.

Doedd gyda fi ddim cynllun arall felly tynnais fy hun lan i ben y wal, sugno fy stumog mewn fel pe bawn i yn y pwll nofio a chriw o ferched newydd ymddangos, a dechre gwthio drwy'r bwlch.

Diolch byth mai ffens weiar oedd ar un ochr a'i bod hi'n ddigon hen i roi dan 'y mhwyse a gadael i fi wneud fy ffordd drwy'r bwlch. Disgynnais lawr i'r iard a chadw yng nghysgod wal y tai bach. Arhosais yno am funud neu ddwy. Do'n i ddim am ruthro allan yn ddifeddwl; ro'n i wedi darllen digon am safleoedd adeiladu a oedd yn cael eu gwarchod gan gŵn, ond welais i'r un ci, na chlywed yr un sŵn bygythiol, felly fe fentrais allan i'r iard ac i gyfeiriad y prif adeilad.

Ro'n i wedi sylwi'r prynhawn hwnnw bod ffenestri ochr flaen yr adeilad, ar wahân i un y swyddfa, i gyd wedi'u gorchuddio â *hardboard*, ac ro'n i wedi gobeithio na fydden nhw wedi mynd i'r un drafferth gyda ffenestri'r cefn. Ond roedd hi'n amlwg bod Wynways Construction yn credu'n gryf mewn diogelwch, gan fod *hardboard* dros bob un ohonyn nhw. Fy unig obaith nawr oedd dod o hyd i un nad oedd wedi'i hoelio'n rhy sownd.

Sleifiais yn araf yng nghysgod yr adeilad gan aros wrth bob ffenest i deimlo'r *hardboard*. Methiant fu'r pedair ffenest gynta ond roedd y bumed yn edrych yn fwy addawol. Roedd yr hoelen yn y cornel chwith yn eisie a'r un uwch ei phen yn rhydd.

Edrychais o 'nghwmpas am rywbeth allen i ei ddefnyddio i wthio rhwng yr *hardboard* a ffrâm y ffenest a gwneud mwy o le i mi ddringo drwyddo. Roedd darn o bren rhyw fetr o hyd ar y llawr ar bwys y drws a arferai arwain at ddosbarth y babanod. Wrth i fi blygu i gydio ynddo, cyffyrddodd fy ysgwydd dde â'r drws ac fe deimlais i e'n agor dan 'y mhwyse.

# 23

Arhosais yno'n hollol lonydd, yn plygu drosodd gyda fy llaw dde'n hofran uwchben y pren.

Troais 'y mhen i edrych ar yr hen ddrws mawr trwchus; roedd y geirie Dosbarth y Babanod yn dal arno, er bod lliw'r paent glas ddim mor glir erbyn hyn.

Sefais lan, yn araf – yn araf iawn – a gwrando am unrhyw sŵn tu mewn, neu tu fas, i'r adeilad.

Doedd 'na ddim.

Edrychais o 'nghwmpas rhag ofn bod rhywun newydd ddod allan o'r adeilad a'u bod nhw yn yr iard. Ond doedd 'na neb i weld yn unman felly fe estynnais fy llaw am y drws. Ro'n i o fewn centimetre i'w wthio ar agor pan wnes i ailfeddwl; yn bendant do'n i ddim am adael fy olion bysedd yno, felly fe droais fy llaw fel 'mod i'n gwthio'r drws â chefn fy llaw ac nid fy mysedd.

Agorodd y drws yn hawdd. Tynnais fy llaw yn ôl a rhoi 'nhroed dros y rhiniog rhag ofn y bydde fe'n cau'n glep. Arhosais yn llonydd am rai eiliade 'to, yn gwrando, yna gyda'r distawrwydd yn atseinio yn 'y nglustie, camais dros y trothwy.

Addasu'r adeilad yn fflatie oedd cynllun Wynways Construction, ond doedd walie trwchus yr ysgol ddim yn caniatáu iddyn nhw newid gormod ar batrwm gwreiddiol yr ystafelloedd. O ganlyniad doedd y lle ddim wedi newid rhyw lawer ers y dyddie pan o'n i'n cael 'y ngorfodi i fynd yno bob dydd; efallai fod popeth yn edrych yn llai nag o'n i'n cofio, ond ar wahân i hynny, ro'n i'n nabod y lle'n iawn.

Roedd hen ddosbarth y babanod ar ochr dde'r coridor byr, ac yn ei wynebu ar yr ochr chwith lle'r roedd y tai bach ar gyfer defnydd *exclusive* y babanod yn arfer bod, roedd cegin newydd sbon, ond doedd dim drws i'r gegin. Yn wir doedd dim drws ar ystafell ddosbarth y babanod chwaith ac fe gerddais i mewn iddi.

Dechreuodd yr atgofion lifo 'nôl ac roedd yn rhaid i fi ysgwyd 'y mhen i'w hatal nhw rhag aros, a chanolbwyntio ar 'y ngwaith. Gadewais yr ystafell drwy fwlch arall yn un o'r walie a chael fy hun yn y coridor hir a redai fel asgwrn cefn ar hyd canol yr ysgol. I'r dde roedd y neuadd a oedd wedi arfer gwneud tro hefyd fel ffreutur amser cinio. Tybed beth oedd fan'ny nawr? meddyliais. Oedd hi'n dal yn un ystafell fawr neu a oedd Wynways Construction wedi ei rhannu'n sawl ystafell lai? Ond fe chwalais y meddylie hyn hefyd wrth gofio mai i'r swyddfa ro'n i am fynd ac fe droais i'r chwith i gyfeiriad prif ddrws yr adeilad. Pasiais sawl ystafell arall lle ro'n i wedi treulio dyddie pleserus a phoenus ond wnes i ddim mentro i mewn i un ohonyn nhw.

Ar waetha'r *hardboard* ar draws ffenestri'r ystafelloedd llifai digon o olau o'r stryd i mewn i'r adeilad ac allan i'r coridor drwy fylche gwag y dryse i mi allu gweld fy ffordd heibio i bentyrre o ystyllod pren, darne o sgaffaldie, rholion gwifre trydan a phecynne a chyde o sment a phlastr pinc a oedd yma a thraw ar hyd y coridor, a chyrhaeddais y swyddfa'n ddidrafferth.

Ma'n siŵr dy fod ti wedi sylweddoli erbyn hyn nad oedd gyda fi ryw lawer o syniad beth ro'n i'n mynd i'w wneud ar ôl cyrraedd Wynways Construction. Mynd yn 'y nghyfer o'n i; wedi cael syniad yn 'y mhen a heb ei feddwl trwyddo. Ond fel rwyt ti newydd weld, ches i ddim trafferth dringo i mewn i'r safle na mynd i mewn i'r adeilad hyd yn oed, a nawr dwi'n mynd i ddweud wrthot ti nad oedd mynd i mewn i'r swyddfa yn broblem chwaith, gan fod y drws hwnnw hefyd heb ei gloi.

Nawr cyn mynd cam ymhellach ma'n rhaid i fi gyfadde pe bawn i'n darllen hyn i gyd mewn llyfr fe fydden i'n dweud, 'O, ie, siŵr! Ma'r awdur (fi) am i'r arwr (fi 'to) fynd i rywle a gwneud rhywbeth ond does gydag e ddim syniad sut mae e'n mynd i wneud hynny, felly dyma'r arwr (fi unwaith 'to), drwy bob math o gyd-ddigwyddiade a lwc, yn llwyddo i wneud yr hyn roedd yr awdur (am y tro ola) am iddo'i wneud.'

Ond wir i ti fel hyn ddigwyddodd hi. Wrth edrych 'nôl, dwi'n sylweddoli y dylen i fod wedi cwestiynu ar y pryd pa mor hawdd oedd pethe, ond pan nad oes gyda ti gynllun ac ma popeth yn mynd yn ddidrafferth, dwyt ti ddim yn aros i ofyn 'Pam?' rwyt ti jyst yn dweud 'Diolch' ac yn bwrw mlaen cyn iddyn nhw newid.

A dyna beth wnes i. Fe driais i ddrws y swyddfa (gyda gwaelod 'y nghrys-T o amgylch fy llaw) a'i gael ar agor, a heb oedi eiliad fe es i mewn a mynd yn syth at y wal gyferbyn â'r ffenest lle'r oedd y mapie a'r cynllunie. Am nad oedd 'na *hardboard* ar draws y ffenest roedd gen i ddigon o olau i'w hastudio. Do'n i ddim am dreulio gormod o amser yno, ond ar yr un pryd ro'n i am fod yn siŵr 'mod i wedi deall y sefyllfa'n iawn, ac ro'n i wrthi'n croesgyfeirio o fap yr ardal i'r rhestr o gynllunie a datblygiade oedd gan Wynways Construction ar y gweill pan glywais i'r sgrech.

# 24

Ma'n syndod sut ma sŵn yn atseinio drwy adeilad gwag, yn taro o un wal noeth i wal noeth arall ac yna ymlaen ac ymlaen nes ei fod yn araf ddistewi a marw. Ond cyn i sŵn y sgrech ddiflannu'n llwyr clywais sŵn rhywbeth yn cwympo a sŵn sgathru.

Fy ymateb cynta i'r holl sŵn yma oedd dianc cyn gynted ag y gallen i; troi a charlamu o'r swyddfa 'nôl i ddosbarth y babanod ac allan drwy'r drws, dros y wal a diflannu i'r tywyllwch. Ond allen i ddim. Yn un peth do'n i ddim eisie creu sŵn fy hun a thynnu sylw at 'y mhresenoldeb, ac yn ail, allen i ddim symud cam; roedd 'y nhraed i'n teimlo fel petaen nhw wedi eu gludo i'r llawr.

Ac wrth i fi sefyll yno'n stond ro'n i'n aros am y sŵn nesa; sŵn rhywbeth arall yn disgyn, falle, neu sŵn rhywun yn rhedeg, sŵn rhywun yn galw. Rhywbeth. Unrhyw beth. Ond ddaeth 'na ddim; dim ond sŵn y distawrwydd yn llifo'n ôl drwy'r adeilad. Roedd hyd yn oed y stryd tu allan yn anarferol o dawel. Yr unig sŵn allen i ei glywed oedd sŵn 'y nghalon yn curo a'r gwaed yn pwmpo yn 'y nghlustie.

Ar ôl rhai munude o hyn, magais ddigon o nerth i godi 'nhroed dde a chymryd un cam bychan cyn gorchymyn yr un chwith i'w dilyn. Teimlai'r ddwy fel petaen nhw wedi eu cau yn un o'r cyde sment ro'n i wedi eu gweld gynne, ond cam wrth gam llwyddais i lusgo fy hun at ddrws y swyddfa.

Arhosais yno am funud neu ddwy yn trio magu digon o ddewrder i bipo allan i'r coridor. A phan lwyddais, doedd dim byd i'w weld nac i'w glywed yno.

Camais allan yn ofalus gan gadw'n agos at y wal nes i fi gyrraedd cornel y swyddfa a'r coridor hir a redai drwy ganol yr ysgol. Unwaith 'to fe gymerodd hi amser cyn i fi fentro edrych rownd y cornel i fyny'r coridor i gyfeiriad y neuadd.

Ar wahân i'r llafne cul o ole a ddôi drwy ddryse'r ystafelloedd edrychai'r coridor fel twnnel tywyll, tawel. Rhythais yn galed drwy'r düwch ond do'n i ddim yn gallu gweld dim byd ond y pentyrre o goed, sgaffaldie a'r holl nwydde adeiladu eraill. Nid 'mod i wir am weld unrhyw beth arall; bydden i'n hapus iawn i wneud fy ffordd yn ôl at ddosbarth y babanod a'r drws agored a dianc heb weld neb.

Cropiais mor dawel ag y gallen i ar hyd y wal ar ochr chwith y coridor at y pentwr cyde sment agosa ac aros yno am ychydig i wrando. Fe fydden i wedi rhoi unrhyw beth am jyst gallu codi a rhedeg ond ro'n i'n gwybod y bydde hynny'n beth dwl iawn i'w wneud.

Rheolais y demtasiwn ac fe gyfrais i ddeg cyn symud at bentwr o styllod. Roedd drws rhwng y ddau bentwr ac oedais cyn ei basio rhag ofn mai o'r ystafell honno roedd y sŵn wedi dod. Ond doedd dim byd i'w weld ynddi nac yn un o'r ystafelloedd eraill yn y coridor chwaith, ac wrth i fi eu pasio dechreuodd y pwyse ar fy ysgwydde ysgafnhau ac ro'n i'n anadlu'n fwy rhydd.

Ro'n i wedi cyrraedd pen y coridor lle'r oedd ystafell ddosbarth y babanod. Ro'n i'n dal ar ochr chwith y coridor hir ac fe fydde'n rhaid i fi ei groesi i gyrraedd y drws allan. Ond ro'n i'n poeni am y neuadd ym mhen pella'r coridor hir. Beth os mai oddi yno roedd y sgrech wedi dod? Beth os oedd rhywun yn dal yno yn gwylio'r coridor? Fe fydden nhw'n 'y ngweld i'n hawdd pan fydden i'n ei groesi. Syllais yn galed i gyfeiriad y neuadd gan ddychmygu'r gwaetha. Ond os o'n i am ddianc doedd dim troi 'nôl nawr.

Troes yn ôl at y coridor byr. Anadlais yn ddwfn ac ro'n i ar fin codi a rhedeg am ystafell y babanod pan welais gysgod yn symud ar hyd wal y coridor byr.

Rhewais.

Roedd rhywun yn yr hen dai bach ac roedd y gole o'r tu allan yn taflu ei gysgod drwy dwll y drws. Petaen nhw'n dod mas, allen nhw ddim peidio â 'ngweld i.

Edrychais tuag at y swyddfa gan feddwl am fynd 'nôl yno. Ond beth pe bai pwy bynnag oedd yn y tai bach hefyd yn penderfynu mynd am y swyddfa?

Troais i gyfeiriad y neuadd. Roedd hi'n agosach na'r swyddfa.

Edrychais i gyfeiriad y tai bach. Roedd y cysgod wedi diflannu. Ble ..?

Cer! gorchmynnodd llais yn 'y mhen, a heb feddwl ddwywaith ufuddheais a rhedeg mor dawel ag y gallen i am y neuadd.

Ro'n i drwy fwlch y drws cyn sylweddoli bod Wynways Construction wedi rhannu'r neuadd yn nifer o ystafelloedd llai ac am y tro cynta ers i fi ddod i mewn i'r adeilad ro'n i'n teimlo 'mod i mewn lle dieithr ac ar goll yn llwyr.

Diolch byth, fel yn yr ystafelloedd eraill, roedd rhywfaint o ole'n dod i mewn drwy'r *hardboard* oedd dros y ffenestri ac fe es i mewn i'r ystafell agosa gan obeithio y gallen i guddio'n dawel yno nes bod pwy bynnag arall oedd yn yr adeilad yn gwneud beth ro'n nhw am ei wneud a gadael. A chyn gynted ag y bydde hynny'n digwydd fe fydden i m.o.m. hefyd.

Roedd cornel pella'r ystafell mewn cysgod trwchus; lle da i guddio, meddyliais. Anelais tuag ato a chicio yn erbyn rhywbeth, darn o bren neu rywbeth, ar y llawr, a sgrialodd i ffwrdd i'r cysgodion ar yr ochr dde. Arhosais yn hollol lonydd am rai eiliade cyn bwrw ymlaen at y cornel.

Wrth agosáu ato fe allen i weld fod 'na rywbeth yn y cysgod; twmpath o ryw fath, darn mawr o gynfas neu fwndel o ddillad neu rywbeth. Plygais dros y twmpath ac estyn fy llaw tuag ato. Yr eiliad gyffyrddais ag e teimlais ias oer yn lledu i fyny 'mraich. Ro'n i wedi teimlo'r ias honno unwaith o'r blaen, rhyw bedair blynedd ynghynt pan o'n i wedi dod ar draws cath farw yn y lôn tu ôl i'n tŷ ni. Ro'n i wedi gwthio'i chorff â 'nhroed i weld a oedd hi'n fyw neu'n farw, a theimlo'r un ias anghynnes, difywyd yn lledu lan 'y nghoes.

Gafaelais yn y twmpath a'i droi tuag ataf. Rholiodd drosodd a chadarnhau mai corff ydoedd. Gwthiais y gwallt hir, gole 'nôl o'r wyneb a gweld y clwyf dwfn, gwaedlyd ar ochr pen Jackie.

# 25

Beth wyt ti fod i wneud pan fyddi di'n darganfod corff? Dyw e ddim y math o beth maen nhw'n ei ddysgu mewn gwersi ABCh, odi fe? Ffonio'r heddlu yw'r ateb, fwy na thebyg. Ond beth wyt ti fod i'w wneud os wyt ti'n darganfod corff rhywun sy wedi cael ei lofruddio, a hynny mewn adeilad lle does gyda ti ddim hawl, rheswm nac esgus dros fod ynddo? Dyna gwricwlwm tymor cyfan i unrhyw athro ABCh gwerth ei gwdyn ailgylchu.

Ond ddim ffonio'r heddlu oedd y peth cynta aeth drwy 'meddwl i, ma'n rhaid i fi gyfadde. Y peth cynta aeth drwy 'meddwl – ar ôl i fi gael rheolaeth ar' y meddwl – oedd ma'n rhaid mai cysgod y llofrudd ro'n i wedi ei weld gynne. Yr ail beth aeth drwy 'meddwl i oedd bod y llofrudd yn dal yn yr adeilad. A'r trydydd peth oedd, os oedd e wedi llofruddio unwaith, fydde dim lot o wahaniaeth gydag e pe bai e'n llofruddio 'to, a gan mai fi oedd yr unig berson arall yn y lle, ar wahân iddo fe, fi fydde ar ben ei restr. Ac o ystyried hyn i gyd, dianc cyn gynted ag y gallen i oedd yr unig beth call i'w wneud.

Roedd Jackie'n farw; allen i wneud dim i newid hynny, ac roedd synnwyr cyffredin yn dweud wrtha i bydde cael fy llofruddio fy hun yn ddim help i neb. Felly roedd yr awydd i oroesi wedi cymryd drosodd ac wedi gwthio popeth arall naill ochr. Dyna gwricwlwm yr ail dymor wedi'i drefnu hefyd, ddweden i.

Ond hyd yn oed wedyn allen i ddim jyst mynd. Ro'n i'n dal i benlinio yn ymyl Jackie. Syllais arni unwaith 'to. Ddeng munud ynghynt ac roedd Jackie'n fyw, fel fi. Yn anadlu, yn meddwl, yn teimlo … a nawr … beth? Dim byd? Roedd hi'n anodd meddwl bod yna ddim byd yno nawr ar ôl y bywyd a oedd wedi bod yno cynt. I ble'r oedd yr holl bethe oedd wedi bod yn Jackie wedi mynd? Y pethe oedd yn 'i gwneud hi'n unigryw? Allen i ddim credu eu bod nhw jyst yn peidio bod. Beth oedd y pwynt os o'n nhw? Ma'n rhaid bod 'na rywbeth mwy na 'nawr dwi yma nawr dwi ddim'. Ddyle hynny hefyd fod yn rhan o'r cwricwlwm ABCh, os wyt ti'n gofyn i fi.

Do'n i erioed wedi meddwl am hynny o'r blaen, ond pan wyt ti wyneb yn wyneb â marwolaeth ma'n syndod sut ma dy feddwl yn ffocysu. Ond er hynny, ro'n i'n gwybod mai ffocysu ar adael ddylen i wneud, ond eto ... a gydag ymdrech fawr fe godais o ymyl Jackie a throi am y coridor.

Ymbalfalais fy ffordd yn ôl at ddrws yr ystafell, ond rhwng dieithrwch cynllun newydd y neuadd a'r panig a oedd yn dal i lechu ar gyrion fy meddwl, yn barod i neidio allan a'm meddiannu unwaith 'to pe bawn i'n rhoi hanner cyfle iddo fe, cymerais sawl tro anghywir cyn cyrraedd y prif goridor.

Erbyn hynny ro'n i'n chwys oer drosta i ac yn gorfod canolbwyntio ar reoli pob cam ro'n i'n ei gymryd rhwng y neuadd a'r coridor byr. O'r diwedd, ar ôl sawl munud a oedd yn teimlo fel sawl awr (ac ydyn, ma'r holl ystrydebe'n wir: calon yn 'y ngwddf, gwynt yn fy nwrn, ar bige'r drain, pob un alli di feddwl amdano), ro'n i'n cerdded i lawr y coridor. Do'n i ddim wedi clywed na gweld dim. Os oedd y llofrudd yn dal yn yr adeilad doedd gen i ddim syniad ble'r oedd e; fe alle fod yn unrhyw le, ond dim ond iddo beidio bod yn ystafell y babanod do'n i ddim yn poeni ble'r oedd e.

A diolch byth doedd e ddim. Roedd y drws allan yn dal heb ei gloi a chydiais yn y ddolen drwy 'nghrys-T, a'i dynnu ar agor. Eiliad wedyn ac ro'n i tu fas; tair eiliad wedyn ac ro'n i ar ben y wal, a phum eiliad wedyn ro'n i'n rhedeg nerth 'y nhraed lan y stryd. Naw eiliad i gyd ond ro'n i'n teimlo naw deg mlynedd yn hŷn. Ystrydeb arall dwi'n gwybod, ond fel dwedais i, maen nhw i gyd yn wir ac ma gyda fi'r gwallt gwyn i brofi 'ny.

# 26

Roedd pawb yn dal ar eu traed pan gyrhaeddais i adre; wel, dim ond hanner awr wedi un ar ddeg oedd hi, a dy'n ni ddim yn deulu sy'n mynd i'r gwely'n gynnar iawn. Ro'n i am ddianc lan llofft yn syth ond ro'n i'n gwybod yn well na gwneud hynny; bydde rhywun yn siŵr o ddod ar fy ôl yn gofyn os o'n i'n iawn. Felly fe es i mewn i'r ystafell fyw lle'r oedd y tri ohonyn nhw'n gwylio'r teledu. Wel, dwi'n dweud gwylio; roedd Mam yn ysgrifennu llythyr, 'nhad yn darllen y papur a Tad-cu'n cysgu. Ar y teledu roedd Iolo Williams yn gwylio rhyw adar du a choch yn nythu, ond doedd neb yn ei wylio fe.

Ro'n i wedi dod i ddangos fy wyneb er mwyn osgoi cwestiyne, ond fe ges i'r rhai arferol yr un peth: 'Ble ti 'di bod?', 'Pwy oedd gyda ti?', 'Ti 'di bod yn yfed?' ac yn y blaen. Ac fe driais i 'u hateb nhw yr un mor fanwl ag arfer: 'Mas', 'Y bois', 'Plîs!'

Dwi ddim yn hoffi dweud celwydd wrth neb, wrth fy rhieni nag unrhyw un arall. Yn un peth mae e'n llawer gormod o waith. Unwaith rwyt ti'n dechre dweud celwydd rwyt ti'n gorfod cofio pob un ti wedi 'i ddweud er mwyn cadw at dy stori, ac wedyn yn ogystal â byw yn y byd go iawn, bob dydd, rwyt ti hefyd yn byw mewn rhyw fydysawd cyfochrog, rhyw *Negative Zone* rwyt ti wedi ei greu ac yn gorfod ei gynnal. Dwi'n gwybod mai dyna beth ma *second lifers* yn ei wneud drwy'r amser, ond pan wyt ti'n trio byw dau fywyd, colli mas ar yr unig un sy gyda ti wyt ti mewn gwirionedd.

Eisteddais ar fraich y soffa yn edrych ar y teledu. Ond yn lle Iolo a'i adar, y cyfan allen i ei weld oedd pen gwaedlyd Jackie. Ro'n i'n trio rhoi trefn ar fy meddylie, ond doedd dim gobaith gyda fi; roedd yr adrenalin wedi hen gilio erbyn hynny ac yn ei le roedd rhyw flinder llethol wedi fy llenwi.

Mewn un digwyddiad roedd popeth wedi newid. Falle mai gêm, neu *ego trip* i fi oedd achos Dirgelwch yr Ysgrifenyddes, ond nawr roedd pethe wedi newid yn llwyr. Nawr roedd e'n achos

Dirgelwch *Llofruddiaeth* yr Ysgrifenyddes, ac roedd hwnnw'n rhywbeth gwahanol iawn.

Ro'n i'n ymwybodol bod Mam yn gofyn i fi beth o'n i'n bwriadu 'i wneud fory a faint o'r gloch o'n i'n meddwl codi, ond doedd gen i mo'r nerth i feddwl heb sôn am ei hateb.

Mwmialais rywbeth am ddim yn siŵr 'to a dweud wrthi i adael i fi gysgu nes bydden i'n dihuno, dweud nos da, a mynd lan i'm hystafell. Ro'n i fel sombi yn cerdded 'nôl a mlaen rhwng fy ystafell wely a'r ystafell molchi; falle bod 'y nghorff i ar *auto pilot* ond doedd 'y meddwl i ddim yn yr awyren hyd yn oed. Dwi'n credu i fi olchi fy wyneb a brwsio 'nannedd ond fydden i ddim yn tyngu i hynny, a'r eiliad cyffyrddodd 'y mhen y gobennydd ro'n i'n cysgu. Ac fe gysgais drwy'r nos nes i sŵn cloch y drws fy nihuno.

# 27

Edrychais ar y cloc ar bwys y gwely; roedd hi'n chwarter wedi un. Roedd yr ystafell yn ole ac ro'n i ddigon o gwmpas 'y mhethe i sylweddoli mai chwarter wedi un y prynhawn a ddim chwarter wedi un y bore oedd hi.

Canodd y gloch 'to. Eisteddais i fyny.

Os oedd hi'n chwarter wedi un y prynhawn roedd fy rhieni yn y gwaith a 'nhad-cu yn cwrdd â'i ffrindie yn y clwb RAFA.

Taflais y dillad 'nôl a dringo allan. Ro'n i'n gwybod nad y postmon oedd 'na; roedd hi'n rhy hwyr iddo fe, a beth bynnag, roedd e'n gadael popeth oedd yn rhy fawr i fynd drwy'r blwch llythyre gyda Mrs Watkins drws nesa.

Canodd y gloch 'to. Tynnais fy nhrowsus hir Nike dros fy siorts; roedd 'y nghrys-T yn ddigon glân, felly fe wisgais i hwnnw a mynd lawr i ateb y drws.

Roedd y gloch yn dal i ganu pan gyrhaeddais y cyntedd a dim

ond ar ôl i fi agor y drws stopiodd y sŵn.

'Gethin Evans?'

Roedd y dyn a oedd yno'n fy atgoffa i o Gareth Michael, ein hathro chwaraeon, tua thri deg rhywbeth mlwydd oed, gwallt du, pen crwn, llygaid treiddgar sy'n gweld popeth, a golwg un sy'n dal i wneud tipyn o ymarfer corff.

'Ie.'

'Sarjant Ian Davies, Heddlu Dyfed-Powys,' medde fe, ac fel consuriwr, fflachiodd gerdyn o flaen fy wyneb. Ar y pryd ro'n i'n dal yn rhy gysglyd i sylwi ai'r *ace of clubs*, y *joker* neu ei gerdyn adnabod oedd hi, ond wrth i'r hyn roedd e newydd ei ddweud dreiddio i mewn i fy ymennydd fe ddes i'n hollol effro.

'O. Ie. Helô.'

'Alla i ddod mewn?' gofynnodd, gan gamu i'r ris uchaf. 'Does dim gwrthwynebiad 'da ti, oes e?'

'Em ...'

'Ma 'da fi un neu ddau o gwestiyne i'w gofyn i ti.'

Ac wrth iddo ddweud hynny dyma fe'n camu i mewn i'r tŷ gan roi ei esgidie mawr du sgleiniog hanner centimetr i ffwrdd oddi wrth 'y nhraed bach gwyn noeth. Camais yn ôl, ac fe gaeodd e'r drws.

Fflachiodd rhywbeth am warant a chyfreithwyr drwy 'meddwl, ond gan nad o'n i'n siŵr beth oedd y ffin rhwng sefyll dros dy hawlie a rhwystro'r heddlu, cadwais 'y ngheg ar gau. Roedd lot o bethe eraill yn fflachio drwy 'meddwl i hefyd, ond dim byd a oedd mor amlwg â chorff Jackie.

Ond os mai dyna pam roedd y sarjant wedi galw i 'ngweld i, sut ar y ddaear oedd yr heddlu wedi 'nghysylltu i â hi? Ond os oedden nhw, roedd cadw 'ngheg ynghau yn gyngor da iawn i'w ddilyn – hyd yn oed os mai fi oedd yn dweud hynny.

'Mewn fan hyn?' gofynnodd y sarjant gan nodio i gyfeiriad yr ystafell fyw, a chyn i fi gael cyfle i ateb roedd e wedi diflannu drwy'r drws a gallen i wneud dim byd ond ei ddilyn.

'Stedda,' ac fe eisteddais.

'Wyt ti'n nabod Jackie Thomas?' gofynnodd, gan dynnu ei lyfr nodiade o'i boced.

Wel, dyna fe, ond diolch byth ro'n i'n barod amdano ac fe siglais 'y mhen. Ac wrth ei ysgwyd, yr unig beth allen i feddwl amdano oedd nad o'n i'n gwybod tan nawr mai Thomas oedd ei chyfenw.

'Na?'

'Na. Pwy yw e?' Twtsh bach da o'n i'n meddwl.

'Hi, ddim fe.'

'O.'

'Wel, wyt ti'n ei nabod hi?'

'Nagw.'

'Ti'n siŵr?'

'Pwy yw hi?'

'Wyt ti'n nabod Eleri Collins?'

'Na.'

'Amy Richards?'

'Na.'

'Nia Williams?'

Do'n i ddim yn gwybod pwy o'n nhw pan ddechreuodd e ofyn, ac fe allen i fod wedi maeddu unrhyw *lie detector*, ond wrth iddo ddweud un enw ar ôl y llall fe sylweddolais sut roedd yr heddlu wedi dod i wybod amdana i – a gwybod mai'r *lie detector* fydde wedi ennill yn y diwedd.

Ffrindie Jackie o'n nhw, wrth gwrs, ac ma'n rhaid mai nhw oedd wedi sôn wrth yr heddlu amdana i. Pan fydde'r heddlu wedi dweud wrthyn nhw bod Jackie wedi cael ei llofruddio, pwy fydde'r *weirdo* cynta fydden nhw'n meddwl amdano? Ie, ti'n iawn, fi.

Roedd hyn yn newid pethe'n llwyr ond unwaith wyt ti wedi dechre dweud celwydd ma'n anodd iawn stopio. A thria di ddweud wrth rywun rwyt ti wedi bod yn dweud celwydd wrthyn nhw dy fod am fynd 'nôl a dechre o'r dechre 'to. Maen nhw'n siŵr o dy gredu di wedyn, on'd y'n nhw? Ro'n i'n gwybod hyn i gyd; dim ond neithiwr ro'n i'n dweud mor ddwl yw hi i ddechre dweud celwydd, ond dyma fi wrthi unwaith 'to yn palu mlaen, felly doedd dim ond un ateb allen i ei roi.

'Na.'

'Wel ma' nhw'n dy nabod di, Gethin, ac ma' nhw'n dweud dy fod ti'n nabod Jackie Thomas.'

'O?'

'Odyn, ac ma' nhw'n dweud dy fod ti wedi bod yn ei dilyn hi.'

Siglais 'y mhen 'to. Allen i ddim trystio fy llais nawr.

'Dy fod ti wedi bod yn ei dilyn hi sawl gwaith yn ystod y bythefnos diwethaf. Amser cinio ddoe, er enghraifft, a'ch bod chi i gyd wedi cael cinio gyda'ch gilydd. Ti'n cofio Jackie nawr?'

Nodiais 'mhen a mentro dweud, 'Odw.'

'O'n i'n meddwl byddet ti.'

'Ond d'on i ddim yn 'i stelcio hi.'

'Na? Beth o't ti'n neud, 'te? Ei hamddiffyn hi? Gofalu nad oedd neb arall yn dod yn agos ati? Gwneud yn siŵr nad oedd neb arall ·yn cael siarad â hi?'

'Nage.'

'Beth, 'te?'

'Chware ditectif.'

Ro'n i'n gallu gweld o'r olwg ar ei wyneb nad dyna'r ateb roedd e wedi'i ddisgwyl ac mae jyst yn profi mai dweud y gwir yw'r peth gore i'w wneud – er mor dwp a phlentynnaidd fydd e'n swnio.

A thra bod y sarjant wedi ei fwrw oddi ar ei echel fe ddwedais i wrtho fe am hysbyseb Margam Powell yn y papur a'r ffordd annheg, ro'n i'n meddwl, ro'n i wedi cael 'y nhrin ganddo a 'mod i'n mynd i ddangos iddo fe 'mod i'n well ditectif na Jackie drwy ei dilyn hi a gweld beth oedd hi'n ei wneud heb iddi hi 'ngweld i.

'Ond fe welodd hi ti,' medde'r sarjant ar ôl i fi orffen.

'Do.'

'A'i ffrindie.'

'Do.' Ac fe driais i wenu er mwyn dangos mor dwp a

phlentynnaidd oedd y cyfan.

Nodiodd y sarjant ond roedd ei wyneb fel carreg a'i lygaid wedi eu hoelio ar fy llygaid i, yn union fel Gareth Michael pan fydde fe'n ame a wyt ti'n wir yn rhy sâl i gymryd rhan yn y ras trawsgwlad er bod gyda ti lythyr oddi wrth dy fam.

'Jackie ga'th y swydd?'

'Ie.'

'Shwd o't ti'n teimlo am hynny?'

'Yn siomedig.'

'Am dy fod ti'n meddwl dy fod ti'n well ditectif?'

'Ie.'

'Yn well ditectif na Jackie?'

'Ie.'

'Ac ro't ti'n grac nad o't ti wedi cael y cyfle i brofi hynny?'

'Tamed bach, falle.'

'Ond faint o dditectif wyt ti mewn gwirionedd, Gethin? Roedd Jackie a'i ffrindie wedi dy ddala di'n ei dilyn hi.'

Ddwedais i ddim; do'n i ddim yn sylweddoli mai cwestiwn oedd e nes iddo fe ddweud, 'On'd o'n nhw?'

'O'n.'

'Nhw oedd wedi dy ddal di, ddim ti wedi trechu Jackie. Yntefe?'

'Ie.'

'Felly do't ti ddim yn fawr o dditectif wedi'r cyfan, o't ti?'

'Nago'n.'

'Yn waeth ditectif na Jackie, a dweud y gwir. Roedd hi wedi dy weld di ac wedi dy ddal di.'

Cwestiwn slei arall. 'On'd oedd hi?'

Nodiais. 'Oedd.'

'Shwd o't ti'n teimlo am hynny? Yn siomedig? Yn grac?'

'Wel ...' Ond yn sydyn sylweddolais i ble'r oedd y cwestiyne'n arwain, felly cnoais 'y nhafod, ond roedd y sarjant yn ddigon parod i gymryd 'y nhro.

'Yn ddigon crac i eisie dangos iddi nad oedd hi'n well na ti.'

'Nago'n.'

'Yn ddigon crac i'w dilyn hi unwaith 'to er mwyn profi iddi hi mai ti oedd y ditectif gore.'

'Nago'n.'

'A beth ddigwyddodd pan welodd hi ti'n ei dilyn hi? Pan sylweddolest ti unwaith 'to nad ti oedd y ditectif gore? O't ti'n grac 'to, Gethin?'

'Nago'n, do'n i ddim ...'

'Yn ddigon crac i eisie dangos iddi pwy oedd y gore. Yn ddigon crac i ddysgu gwers iddi am wneud hwyl am dy ben?'

Erbyn hyn roedd 'y mhen a 'nghorff yn siglo 'nôl a mlaen fel plentyn amddifad mewn cartre yn nwyrain Ewrop ac ro'n i'n dweud, 'Nage,' 'Nagw', 'Nagon', rhwng pob dau air roedd y sarjant yn 'u dweud. Ro'n i mor daer yn gwadu popeth, do'n i ddim wedi sylwi bod y sarjant wedi stopio siarad.

'Pam wyt ti'n gweiddi, Gethin?'

Do'n i ddim yn sylweddoli 'mod i'n gweiddi, chwaith. Ond pwy fydde ddim yn gweiddi pe bai'n cael ei gyhuddo chi o ...

Golchodd ton o ias oer drosta i i gyd. Yn 'y nghyhuddo i o beth? Doedd y sarjant ddim wedi 'y nghyhuddo i o ddim. Doedd e ddim wedi dweud pam roedd e'n fy holi i. Doedd e ddim wedi dweud beth oedd wedi digwydd i Jackie!

Disgynnodd yr ias heibio'r rhewbwynt. Pe bawn i wedi gweiddi 'Ddim fi lladdodd Jackie', fe fydde popeth ar ben arna i. Allen i ddim mentro i hynny ddigwydd. Roedd hi'n bryd i fi ddechre gofyn cwestiyne. 'Beth sy wedi digwydd iddi?'

Edrychodd y sarjant arna i am ychydig eiliade cyn dweud, 'Beth wyt ti'n meddwl sy wedi digwydd iddi?'

'Rhywbeth difrifol neu fyddech chi ddim yma, fyddech chi?'

Ro'n i'n dechre chwysu nawr ac yn crynu fel cwningen ond gorfodais fy hunan i syllu'n syth i'w lygaid e.

Roedd Sarjant Ian Davies mor llonydd â phwll dyfna'r afon. Eisteddodd y ddau ohonon ni yno am sbel yn edrych ar ein gilydd;

fi'n ceisio meddwl beth fydde rhywun diniwed yn ei wneud mewn sefyllfa fel hon. A'r sarjant? Doedd gyda fi ddim syniad beth oedd e'n ei feddwl, na beth fydde fe'n ei ofyn nesa.

'Margam Powell, wedest ti?' medde fe o'r diwedd a fy synnu i.

'Beth?'

'Roedd gyda Margam Powell hysbyseb yn y *Dyfed Leader*?'

Nodiais. 'Oedd.'

Caeodd y sarjant ei lyfr nodiade a'i roi i gadw yn ei boced. Roedd hi'n amlwg nad oedd e'n mynd i ddweud wrtha i beth oedd wedi digwydd i Jackie, ond roedd yn rhaid i fi wybod; roedd yn rhaid iddo *fe* wybod 'mod i *yn* gwybod beth oedd wedi digwydd iddi. Ond yn bwysicach na hynny i gyd, roedd rhaid mai fe oedd yn dweud wrtha i.

'Ma hi wedi cael ei lladd, on'd yw hi?'

Edrychodd arna i. 'Pam wyt ti'n dweud hynny?'

'Am mai dyna'r peth mwy difrifol alla i feddwl amdano.'

Dal i edrych arna i wnaeth y sarjant. Ma'n siŵr ei fod e'n pwyso a mesur beth i'w ddweud a faint i'w ddweud. Ma'n siŵr ei fod e hefyd wedi cael ei hyfforddi i bwyso a mesur fy ymateb i; nid dim ond 'y ngeirie ond pob symudiad ac edrychiad.

'Odi, ma Jackie wedi cael ei lladd.'

'Ond ddim damwain, ife? Fyddech chi ddim yn 'yn holi i fel hyn os mai damwain oedd hi?'

Nodiodd y sarjant ei ben yn bwyllog a dweud yn dawel, 'Ti'n iawn; ma hi wedi cael ei llofruddio.'

Fe driais edrych mor syn ag y gallen i, ond dim ond mewn ffilmie ro'n i wedi gweld pobl yn ymateb i'r fath newyddion a dwi'n gwybod mai actio o'n nhw. Falle bod y sarjant yn gwybod mai actio o'n i hefyd ond ddwedodd e ddim byd, dim ond edrych arna i am eiliad neu ddwy cyn codi o'r gadair a throi am y drws.

'Diolch i ti am dy help,' medde fe a cherdded i'r cyntedd.

Codais a'i ddilyn. Erbyn i fi gyrraedd y cyntedd roedd e wedi agor y drws ac yn sefyll ar y stepen tu fas. Ro'n i'n estyn am ddolen y drws yn barod i'w gau ac i ollwng anadl hir iawn o ryddhad pan drodd e i edrych arna i.

'Un peth arall.' Ie, jyst fel 'na, jyst fel Columbo. 'Lle o't ti neithiwr?'

'Neithiwr?'

'Ie, rhwng tua deg a hanner nos.'

'Mas.'

'Ar dy ben dy hunan?'

'Nage.'

'Gyda rhywun?'

'Ie.'

'Pwy?'

'Caryl. Caryl Daniels.'

# 28

Celwydd arall. Dwi'n gwybod, ond fel dwedais i, unwaith ti'n dechre ma'n anodd stopio. Ac unwaith ti'n dechre, ma'n syndod pa mor hawdd yw hi i un celwydd arwain at gelwydd arall; fe allet ti dyngu bod gyda nhw eu bywyde 'u hunain a'u bod nhw'n gwneud dim byd ond dyblygu 'u hunain fel rhyw anifeiliaid bach blewog, ciwt, ond gyda dannedd miniog, gwenwynig.

Ar ôl dweud wrth fy rhieni neithiwr mai mynd mas gyda'r bois o'n i pan o'n i'n mynd i safle Wynways Construction, allen i ddim fod wedi dweud wrth Sarjant Davies mai gartre o'n i. Pe bai e'n gofyn i'm rhieni lle o'n i, fe fydden nhw'n dweud wrtho fe mai mas gyda'r bois o'n i. Ac ar yr un pryd, allen i ddim fod wedi dweud wrth y sarjant 'mod i wedi bod gyda'r bois am na allen i 'u trysto nhw i gael y stori'n iawn ac i gadw ati. Felly dim ond Caryl oedd ar ôl. Yr unig beth oedd yn rhaid i fi ei wneud nawr oedd cael gafael ar Caryl a gofyn iddi roi *alibi* i fi.

*Alibi!*

Fi!

Do'n i byth yn dysgu, o'n i? Sawl gwaith o'n i wedi dweud yn ystod y pythefnos diwetha, dyna fe, dyna ddigon, dim mwy o chware ditectifs. Ond o'n i wedi gwrando? Hy! Allen i ddim gadael pethe i fod, allen i? A nawr dyma fi'n gorfod cael *alibi*.

Beth nesa? Cyfreithiwr?

A gyda'r posibilrwydd real hwnnw'n fyw yn 'y nghydwybod fe es i chwilio am fy ffôn.

Do'n i ddim wedi gofyn i Caryl am ei rhif ffôn a doedd hi ddim wedi ei gynnig e i fi, ond ro'n i'n gwybod beth oedd rhif Caffi Tapini ac fe ffoniais i hwnnw. Ro'n i wedi gorfod dweud wrth Sarjant Davies pwy o'dd Caryl a lle alle fe gael gafael arni ac ro'n i'n gobeithio na fydde fe'n mynd yn syth yno i'w holi, ond rhag ofn, cynta'i gyd i fi siarad â hi gore i gyd.

Steve, perchennog Caffi Tapini atebodd y ffôn.

'Helo, Steve, Gethin sy 'ma, allen i gael gair gyda Caryl?'

'Dyw hi ddim yn gweithio heddi.'

O, na!

'Wyt ti'n gwybod lle ma hi?'

'Nadw.'

Help!

'Wyt ti'n gwybod sut alla i gael gafael arni?'

'Nadw. Ffoniodd hi bore ma i ddweud nad oedd hi'n dod mewn heddi.'

'Odi hi'n sâl?'

'Na, dwi ddim yn meddwl, roedd gyda hi orie'n dod iddi ac fe benderfynodd 'u cymryd nhw. Hei, gwranda, Gethin, ma'n rhaid i fi fynd, ma hi fel ffair 'ma heb Caryl. Os wela i hi fe ddweda i wrthi dy fod ti'n chwilio amdani.'

'Iawn, diolch,' ond roedd e wedi rhoi'r ffôn lawr.

Beth nawr? Munud 'nôl roedd pethe'n edrych yn weddol, neu cystal ag y gallen nhw fod a finne yng nghanol ymchwiliad i lofruddiaeth, ond nawr ...

Ble alle hi fod? Yn yr amser ro'n i wedi'i nabod hi doedd hi ddim wedi cymryd diwrnod bant o'r gwaith; dyna pam fod gyda hi orie'n dod iddi fwy na thebyg, ond pam roedd hi wedi'u cymryd nhw heddi?

Dwi ddim yn gwybod pam nad oedd hi wedi rhoi 'i rhif ffôn i fi. Do'n i ddim wedi gofyn iddi amdano am 'i bod hi wastad yn y caffi ac yn ddigon hawdd dod o hyd iddi, ond nawr pan o'n i am gael gafael arni doedd hi ddim yna.

Bydde rhaid i fi fynd i chwilio amdani cyn i'r sarjant ddod o hyd iddi, ond ble ar y ddaear oedd hi'n byw?

Doedd y ddau ohonon ni ddim wedi siarad am bethau fel'ny, pethe fel teulu a hanes, pethe personol; ro'n ni wedi bod yn llawer rhy brysur yn trafod Jackie a Margam Powell a ... nage, cywiriad, ro'n *i* wedi bod yn llawer rhy brysur yn trafod Jackie a Margam Powell.

Pryd o'n i wedi gadael i Caryl ddechre sgwrs a siarad am rywbeth oedd o ddiddordeb iddi hi? Pryd oedd Caryl wedi cael cyfle i ddweud rhywbeth amdani hi wrtha i? Falle 'mod i'n gwybod mai Daniels oedd ei chyfenw hi, ond ar wahân i hynny do'n i ddim yn gwybod mwy amdani hi nag o'n i'n gwybod am Jackie. Beth o'dd hi'n 'i hoffi, beth o'dd hi'n 'i gasáu, beth o'dd hi'n ...

*Gwiwerod!*

Doedd hi ddim yn hoffi'r wiwerod oedd yn byw yn y coed tu ôl i'w thŷ hi!

Paid gofyn o ble ddaeth hwnna ond fe ddaeth o rywle ac roedd e'n fan cychwyn. Roedd Caryl yn byw mewn tŷ oedd yn cefnu ar goed, a'r unig le alle hynny fod yn y dre oedd ar bwys y parc.

Ond ma'n siŵr bod dege o dai yn cefnu ar y parc.

Nagoes!

Ma cae pêl-droed y dre ar un ochr iddo felly dim ond tair stryd o dai sy o gwmpas y parc. Ond a oedd coed yng nghefn pob un o'r tai yn y tair stryd? Do'n i ddim yn gwybod ond do'n i ddim yn meddwl bod 'na; ro'n i'n weddol siŵr bod un, os nad dwy o'r strydoedd yn cefnu ar strydoedd eraill.

Roedd e'n fwy na man cychwyn; gyda fy sgilie ditectif i, ro'n i bron â dod o hyd iddi'n barod.

# 29

Ond fel roedd hi'n digwydd, ches i ddim cyfle i brofi fy sgilie ditectif. Deg munud ar ôl i fi sylweddoli unwaith 'to 'mod i wedi 'ngeni i fod yn dditectif, ro'n i wedi gwisgo, cael rhywbeth i fwyta ac ar fy ffordd lan y stryd yn bwrw am y dre pan welais i Caryl yn eistedd ar y fainc ar bwys yr arhosfan bws.

Allen i ddim credu fy llygaid.

'Caryl? Caryl!' galwais fel ffŵl a rhuthro ar draws y ffordd, mor falch o'n i o'i gweld hi.

Ond doedd hi ddim yn ymddangos bod Caryl yr un mor falch o 'ngweld i. Hanner nodiodd ei phen mewn cyfarchiad ond ddwedodd hi ddim byd.

'Beth wyt ti'n neud fan hyn?' gofynnais, ond cyn iddi gael cyfle i ateb ro'n i'n cario mlaen i siarad. 'Ffonies i'r caffi gynne'n chwilio amdanat ti a phan ddwedodd Steve nad o't ti'n gweithio heddi, do'n i ddim yn gwybod beth i neud. Hei, ma rhaid i fi gael dy rif ffôn di, dy *mobile* ddim dy rif cartre, er falle bydde'n werth cael hwnnw hefyd. A ble wyt ti'n byw. Dy gyfeiriad. Dwi 'di gweithio mas mai rhywle ar bwys y parc yw e, ond ble yn union wyt ti'n byw? Beth yw enw'r stryd? Pa un yw hi? Dim ond un o dair all hi fod; o'n i wedi gweithio hynny mas hefyd.'

Tawelais, yn falch o fod wedi cael y cyfle i rannu'r ffaith am fy sgilie ditectif gyda hi, ac edrychais yn ddisgwylgar arni. A disgwylgar yw'r gair cywir hefyd, achos ddwedodd hi ddim byd am o leia pymtheg eiliad a phan siaradodd hi yr unig beth ddwedodd hi oedd, 'Ble est ti neithiwr?'

'Neithiwr?' gofynnais braidd yn hurt, ond yna fe gofiais am neithiwr ac fe ddwedais, 'O, ie, dyna pam dwi am dy weld di.

Dyna pam ffonies i'r caffi. Os bydd plismon o'r enw Sarj...'

'Pam na fyddet ti wedi dweud wrtha i?' gofynnodd hi ar 'y nhraws.

'Dweud beth?' gofynnais yr un mor hurt ag yr o'n i wedi bod gynne. 'Nawr yw'r cyfle cynta dwi wedi 'i gael.'

'Bod ti'n mynd i dorri mewn i safle adeiladu Wynways Construction.'

Fy nhro i i fod yn dawel oedd hi nawr ac aeth tipyn mwy na phymtheg eiliad heibio cyn i fi ofyn, 'Sut wyt ti'n gwybod hynny?'

'Ddilynes i ti.'

'I'r safle?'

'Ie.'

Ac aeth hi'n dawel am ychydig 'to cyn i fi ofyn, 'Pam?'

'Am nad o't ti'n barod i ddweud wrtha i i ble'r o't ti'n mynd. Am nad o't ti'n barod i ymddiried yno' i.'

'Doedd gyda fe ddim byd i neud â dy drystio di.'

'Na?'

'Nagoedd, mwy i neud â ...'

'Paid breuddwydio dweud mai poeni am fy niogelwch i o't ti.' Ac roedd yr olwg ar ei hwyneb yn ddigon i wneud i fi gnoi 'nhafod. Ond gan mai dyna oedd y rheswm pam nad o'n i am iddi fynd gyda fi i'r safle, ac am na allen i feddwl am reswm arall i ddweud wrthi nawr, gwnes 'y ngore i ddweud hynny mewn ffordd ychydig bach yn wahanol.

'Do'n i ddim am i'r ddau ohonon ni fynd i drwbwl. Do'n i ddim yn gwybod beth i ddisgwyl 'na. Do'n i ddim hyd yn oed yn gwybod beth o'n i'n mynd i wneud ar ôl cyrraedd 'na. Dyna pam es i ar 'y mhen fy hunan.'

Edrychodd arna i'n dawel. Do'n i ddim yn gwybod beth oedd yn mynd drwy 'i meddwl, a do'n i ddim yn meddwl 'mod i eisie gwybod chwaith, rhag ofn nad oedd e'n ddim byd da. Ond allen i ddim diodde'r tawelwch ac roedd yn rhaid i fi ddweud rhywbeth i'w dorri.

'Ac i ddweud y gwir wrthot ti, dwi'n falch iawn nawr nad o't ti gyda fi.'

'O?'

'Achos petait ti wedi bod gyda fi, yna ... ' a dyna pryd cofiais i 'mod i wedi dweud wrth Sarjant Davies bod Caryl *wedi* bod gyda fi, neu o leia 'mod i wedi bod gyda hi, sef yr un peth yn y bôn. A nawr ro'n i'n sylweddoli os oedd Caryl wedi 'nilyn i i safle Wynways Construction, yn lle'i bod hi'n rhoi *alibi* i fi, ro'n i wedi'i thynnu hi i mewn i drwbwl.

Ochneidiais. Dyna beth oedd mès.

# 30

Treuliais y pum munud nesa'n esbonio hyn i gyd wrth Caryl ac ro'n i'n gallu gweld wrth ei hwyneb bod difrifoldeb ein sefyllfa'n amlwg iddi. Ar ôl i fi orffen eisteddodd y ddau ohonon ni'n dawel am ryw bum munud arall yn meddwl meddylie drwg amdana i.

Tra o'n ni wrthi'n myfyrio fel hyn, doedd yr un ohonon ni wedi sylwi ar y bws oedd yn agosáu nes iddo stopio yn ein hymyl, ac yn lle aros yno a mentro cael ein gweld gan Sarjant Ian Davies pe bai e'n dod 'nôl i gael gair arall gyda fi, fe neidion ni arno a chael ein gyrru o gwmpas y dre.

'Ma'n ddrwg iawn da fi am dy dynnu di mewn i hyn i gyd,' medde fi'n llipa.

'Druan o Jackie,' medde Caryl.

'E? O, ie,' cytunais. A dweud y gwir, rhwng blinder mawr neithiwr ac ymweliad cynnar y sarjant a'n probleme ni'n dau, do'n i ddim wedi meddwl rhyw lawer am Jackie, ond ar ôl i Caryl ddweud hynny fe ddechreuais inne feddwl amdani a beth oedd wedi arwain at ei llofruddiaeth. Ond unwaith 'to, wrth feddwl am hynny, fe ddechreuais fynd rownd a rownd ar y chwyrligwgan nawr-mae-hi'n-fyw-nawr-mae- hi'n-farw a'i chael hi yr un mor amhosibl i'w dderbyn ag yr o'n i neithiwr pan welais ei chorff. Ac er mwyn dod mas o'r trobwll hwnnw gorfodais fy hunan i feddwl am y rheswm pam fydde rhywun am ei llofruddio hi, a phwy alle fod wedi ei llofruddio hi. Ac wrth feddwl am hynny daeth syniad arall i fi ac fe droais at Caryl a dweud,

'Os o't ti tu fas yr ysgol drwy'r amser o'n i tu mewn iddi, ma'n rhaid dy fod ti wedi gweld y llofrudd yn dod mas.'

Siglodd Caryl ei phen. 'Dim ond ti welais i'n dod allan.'

Do'n i ddim yn rhyw hoff iawn o'r ateb hwnnw gan y galle fe awgrymu mai fi oedd y llofrudd. Beth pe bai'r sarjant yn gofyn y cwestiwn iddi?

'Yn y cefn o't ti drwy'r amser?'

'Ie. Ar ôl i ti fynd mewn dros y wal fe ystyriais i dy ddilyn ond yna fe benderfynais aros lle'r o'n i a gweld beth fydde'n digwydd. Pedwar deg dwy munud yn ddiweddarach ac fe ddest ti allan, neidio dros y wal a rhedeg lan y stryd fel petai'r lle ar dân.'

'Ie, wel, ro'n i ...'

'O'n i'n gwybod bod rhywbeth wedi digwydd felly fe adawais inne hefyd a mynd yn syth adre.'

'Ond ddaeth neb arall mas o'r safle rhwng i fi fynd i mewn a dod mas?'

'Naddo.'

'O'n i'n siŵr mai drwy'r cefn y bydde fe wedi gadael. Yn y cefn oedd e pan ddes i o hyd i Jackie beth bynnag.' Ac fe welais y sefyllfa unwaith 'to yn fy nychymyg: fi'n gwneud fy ffordd ar hyd y coridor hir ac yna'n gweld cysgod y llofrudd ar y wal ar bwys hen ystafell y babanod.

'Roedd drws y cefn ar agor pan gyrhaeddais i'r adeilad,' medde fi. 'Felly ma'n rhaid mai un ohonyn nhw, Jackie neu'r llofrudd, agorodd e, a'i fod e neu hi yn yr adeilad yn barod pan gyrhaeddais i.'

'Na, mae'n rhaid bod y ddau ohonyn nhw yna pan gyrhaeddaist ti,' medde Caryl. 'Petai un ohonyn nhw wedi mynd i mewn drwy ddrws y cefn ar dy ôl di, fe fydden i wedi'i weld e.'

'Ti'n iawn. A phetaen nhw wedi dod mewn trwy ddrws y ffrynt ar ôl i fi gyrraedd, yna fe fydden i wedi'u gweld nhw gan fod hwnnw ar bwys y swyddfa.'

'Felly,' medde Caryl, 'roedd y ddau yn y neuadd pan gyrhaeddaist ti.'

Nodiais a meddwl pa mor wahanol alle pethe fod pe bawn i wedi mynd i mewn i'r neuadd cyn mynd i'r swyddfa. Ac os oedd Jackie'n fyw bryd hynny fe fydde hi'n dal yn fyw nawr – neu fe fydden i wedi cael fy llofruddio hefyd!

'Ond mae'n rhaid mai drwy'r ffrynt adawodd y llofrudd,' medde Caryl. 'Pan oeddet ti yn y neuadd.'

'Ie, ti'n iawn,' medde fi, yn diolch nad o'n i wedi mynd 'nôl i'r swyddfa ar ôl i fi weld y cysgod ar wal y tŷ bach.

Roedd y ddau ohonon ni'n dawel am ychydig wedyn nes i Caryl ddweud, 'Os oedd Jackie'n gweithio i Wynways Construction mae'n siŵr bod gyda hi allwedd i ddrws ffrynt yr adeilad.'

Nodiais. 'Siŵr o fod.'

'Ac os oedd gyda hi allwedd i ddrws y ffrynt onid trwy hwnnw bydde hi wedi mynd mewn?' medde Caryl.

'Ie, ond beth am y llofrudd?' gofynnais. 'Os oedd e wedi cyrraedd yr un pryd â Jackie, pam roedd drws y cefn ar agor?'

'Neu a oedd Jackie wedi cyrraedd gynta ac wedi agor drws y cefn i adael y llofrudd i mewn?'

'Ma hynny'n golygu ei bod hi'n ei ddisgwyl e.'

'Ond beth os nad oedd hi; ei fod e wedi mynd yno a dod ar draws Jackie, neu ei bod hi wedi dod ar ei draws e? Ond pam? A beth oedd e'n 'i neud 'na?'

'Yr hyn hoffen i wybod,' medde fi, 'yw beth oedd Jackie'n 'i neud 'na?'

'Wel, yr hyn hoffen i wybod,' medde Caryl, gan droi ata i, 'yw beth o't ti'n 'i neud 'na?'

# 31

Ond cyn i fi gael cyfle i ateb sylweddolais fod y bws wedi mynd mwy na hanner ffordd rownd y dre a'n bod ni nawr ar y ffordd 'nôl i gyfeiriad ein tŷ ni a lle aethon ni arno fe gynta. Bydde mynd adre nawr yn beryglus ac fe godais a dweud wrth Caryl, 'Dere, ma'n rhaid i ni fynd lawr fan hyn.'

Doedd gyda fi ddim syniad beth ddylen ni wneud nesa; yn bendant roedd yn rhaid i ni benderfynu beth o'n ni'n mynd i ddweud wrth y sarjant pe bai e'n dod ar ein hôl ni a gofyn i Caryl lle'r oedd hi y noson cynt.

Fel roedd hi'n digwydd, ro'n ni wedi gadael y bws ar y stop ar bwys y llyfrgell a gan fod 'na gaffi yno 'yn ogystal â llyfrau, CDs, DVDs a phob math o adnoddau ar gyfer eich anghenion addysgiadol ac adloniadol' yn ôl taflen y cyngor – ie, taflen arall, maen nhw'n hoff iawn o'u taflenni – fe ethon i mewn i gael rhywbeth i'w yfed wrth inni geisio penderfynu beth i'w wneud nesaf.

Ro'n i'n teimlo bod pawb yn edrych arnon ni ond doedd hynny'n ddim byd mwy na chydwybod euog, rhwng yr holl gelwydde ro'n i wedi eu dweud yn ddiweddar roedd 'y nghydwybod i'n teimlo'n euog iawn.

Llofruddiaeth Jackie oedd testun sgwrs bron pawb yn y caffi. Pob un am y gore yn dweud beth o'n nhw'n ei wybod ac wedi'i glywed. Wrth basio un o'r byrdde clywais i fenyw yn dweud wrth ei ffrind ei bod hi wedi clywed mai yn yr hen ysgol roedd corff Jackie wedi'i ddarganfod. Roedd hynny'n golygu y gallwn inne ailadrodd y wybodaeth honno heb boeni bod Sarjant Davies yn mynd i neidio allan o'r cysgodion a 'nghyhuddo i o lofruddiaeth.

'Wel?' medde Caryl ar ôl i ni brynu diod ac eistedd yng nghefn y caffi.

Ro'n i'n gwybod yn iawn at beth oedd hi'n cyfeirio; doedd dim cyfrinach fawr am y peth ond ro'n i am ei gael e'n glir yn fy meddwl i gynta cyn dweud dim byd wrthi, a dyna pam y cymerodd hi hanner can o *Coke* cyn i fi ei hateb.

'Ti'n cofio i fi ddweud mai Llys y Frân oedd enw'r ffeil oedd ar agor ar ddesg Margam Powell yn ei swyddfa?'

Nodiodd Caryl.

'Wel, ro'n i'n meddwl 'mod i wedi gweld yr enw o'r blaen ... fe ddwedais i hynny wrthot ti, on'd do?'

'Do.'

'Ond do'n i ddim yn siŵr ai yn swyddfa Margam Powell, pan es i drwy'r ffeilie y diwrnod y ces i'r cyfweliad am y *job* o'n i wedi gweld yr enw, neu yn rhywle arall. Ac os mai yn rhywle arall oedd e, do'n i ddim yn cofio ymhle, ond pan o'n ni'n dau yn trafod pethe ... ac ma'n rhaid i fi ddweud bod trafod pethe gyda ti yn 'u gwneud nhw'n tipyn cliriach yn fy meddwl. Diolch.'

Ac fe edrychais arni. Roedd rhyw olwg ryfedd ar ei hwyneb, rhywbeth rhwng syndod, diolchgarwch a rhywbeth arall allen i ddim rhoi 'mys arno. Gwên, falle, ond gwên ychydig yn wahanol. Ond beth bynnag oedd e, ro'n i wedi bod yn edrych yn rhy hir arni ac fe anghofiais i am beth ro'n i'n siarad.

'Em ...' Cymerais ddracht arall o'r ddiod.

'Llys y Frân,' medde Caryl.

'O, ie. A lle arall, ar wahân i swyddfa Margam Powell allen i fod wedi gweld yr enw? Wel, pan o'n i'n trafod hyn i gyd gyda ti ar ôl bod yn ei swyddfa, fe darodd e fi lle allen i fod wedi gweld yr enw.'

'Safle adeiladu Wynways Construction.'

'Ie.'

Do'n i ddim yn siŵr a o'n i'n hoffi'r ffordd roedd hi'n torri ar 'y nhraws i ac yn rhoi'r *punchlines* i mewn o 'mlaen i, ond roedd yn rhaid i fi gyfadde ei bod hi'n dda am gadw lan gyda fi.

'Ar wal swyddfa Wynways Construction yn yr hen ysgol gynradd ma 'na fap manwl o'r ardal ac ma sawl lle wedi'i farcio arno fe.'

'Ac mae Llys y Frân yn un o'r rheini?'

'Wel, do'n i ddim yn siŵr pan o'n ni'n dau'n trafod pethe ond wedi meddwl dyna'r unig le arall alle fe fod.'

'Ac oedd e?'

Falle bod Caryl yn dda am gadw lan gyda fi, ond weithie ma hi'n tueddu i fynd o 'mlaen i. Cymerais ddracht arall o'r *Coke*.

'Ma sawl lle ar y map wedi'u marcio yn flocie coch cyfan ond ma rhai eraill wedi'u marcio â llinelle coch, ac un o'r rheini yw Llys y Frân.'

'Beth yw'r gwahaniaeth rhwng y blocie coch cyfan a'r llinelle coch?'

'A!' medde fi, gan edrych yn gyflym o 'nghwmpas cyn pwyso ymlaen ar draws y bwrdd. 'Dwi'n meddwl mai'r blocie coch cyfan yw'r llefydd ma'r cwmni'n gweithio arnyn nhw nawr, llefydd fel yr ysgol gynradd a'r stad o dai 'na sy ar y ffordd i Bant y Rhos. Ac mai'r rhai sy wedi'u marcio â llinelle coch yw'r llefydd hynny ma'r cwmni yn mynd i weithio arnyn nhw. Ma gyda nhw gynllunie'n barod ar 'u cyfer nhw, dyna pam mae llinelle coch arnyn nhw, ac unwaith bydd y gwaith yn dechre, bydd y llinelle'n cael eu newid i floc coch cyfan.' Ac fe eisteddais 'nôl yn 'y nghadair yn teimlo'n fodlon iawn â fi fy hun.

Ond doedd Caryl ddim yn cymryd unrhyw sylw o'r rhesymu yma, neu o leia doedd hi ddim yn ymddangos ei bod hi. Y cyfan wnaeth hi oedd yfed ychydig o'i *Coke*, edrych i'r pellter dros fy ysgwydd dde a dweud, 'Os wyt ti'n iawn, dyna'r ail gysylltiad rhwng Wynways Construction a Margam Powell.'

'Yr ail?'

'Jackie.'

'O ie. Ma hynny'n cryfhau'r achos yn ...'

'Ond fwy na thebyg mai'r un cysylltiad yw e,' medde Caryl, gan dorri ar 'y nhraws unwaith 'to. 'Ac mai'r cysylltiad hwnnw, beth bynnag yw e, yw'r rheswm pam aeth Jackie i weithio i Margam Powell.'

'Neu,' medde fi, mewn ymdrech arall i ddangos 'mod i ar ben yr achos. 'Pam roedd Wynford Samways wedi'i hanfon hi i weithio i Margam Powell'

'Ie,' medde Caryl, gan syllu arna i. 'Ti'n iawn. Ond beth sy mor arbennig am Lys y Frân?'

'Dwi ddim yn gwybod, ond dwi *yn* gwybod beth ddylen ni neud nesa.'

'Beth?'

'Mynd lawr llawr.'

# 32

Pan aethon ni i mewn i'r llyfrgell roedd Megan Williams yn brysur yn gwneud rhywbeth wrth un o'r cyfrifiaduron, ond yr eiliad y gwelodd hi ni'n cerdded tuag ati dyma hi'n codi, tynnu ei sbectol, gwenu a dweud, 'Helô, Caryl.'

Ie, dwi'n gwybod! Fi oedd wedi bod yn aelod o'r llyfrgell ers o'n i'n ddim o beth ac yn ystyried Megan Williams bron fel ail fam i fi, a dyna lle'r oedd hi'n cyfarch Caryl, a oedd newydd symud i'r dre, fel mai *hi* oedd yr un roedd hi wedi 'i nabod ers blynydde.

'Helô, Megan.'

*Megan!* Ma hi'n ei galw hi'n Megan! Ar ôl yr holl flynydde, dwi'n dal yn ei galw hi'n Mrs Williams.

'Chi'n nabod eich gilydd?' gofynnais i'n syn.

'Wrth gwrs ein bod ni,' medde Megan Willia... Megan. 'Ni'n byw drws nesa i'n gilydd.'

'O,' medde fi'n llipa ac ar fin dweud wel-wel-on'd-yw'r-byd-yn-fach ac anwybyddu'r cyd-ddigwyddiad pan feddyliais i am rywbeth. 'Chi'n byw drws nesa i'ch gilydd?'

'Odyn.'

'Ond o'n i'n meddwl mai mas yn Pwllglas o'ch chi'n byw,' medde fi wrth Megan.

'Ie, 'na ti.'

'Ond,' medde fi, gan droi at Caryl, 'fe ddwedest ti mai ar bwys y parc o't ti'n byw.'

'Naddo, ddwedes i ddim byd o'r fath. Ti ddwedodd mai ar bwys y parc o'n i'n byw.'

Allen i ddim credu 'nghlustie. 'Fi? Ti ddwedodd bod y wiwerod yn boen.'

'O, maen nhw *yn* boen,' medde Megan ar 'y nhraws. 'Alli di ddim gadael bwyd o unrhyw fath mas neu fe fyddan nhw ...'

'Ie, ie, daliwch arno am funud,' medde fi ar ei thraws hi. 'Ond pam na ddwedest ti wrtha i nad wyt ti'n byw ar bwys y parc?'

Cododd Caryl ei hysgwydde'n ddi-hid. 'Dyw e ddim yn bwysig, odi fe?'

'Ddim yn bwysig?' Ac fe sylweddolais, unwaith 'to, cyn lleied ro'n i'n gwybod amdani.

'Sut wyt ti'n nabod Gethin?' gofynnodd Megan Williams pan sylweddolodd hi nad o'n i'n mynd i ddweud dim byd arall. Allen i ddim; ro'n i wedi cael 'y nharo'n fud!

'O, ma fe wedi bod yn hongian rownd y caffi.'

'Odi fe, a dyna fi'n meddwl mai dim ond hongian rownd y llyfrgell oedd e.'

Hongian rownd? *Hongian rownd?* Un o'i chwsmeriaid gore'n cael ei gyhuddo o *hongian rownd!* Roedd clywed Megan yn dweud hynny fel clywed Mam yn dweud wrth bobl ddieithr 'mod i'n arfer chwarae gyda dolie Delyth y ferch drws nesa pan o'n i'n fachgen bach... em ... hynny yw, pe bai 'na ferch o'r enw Delyth yn byw drws nesa a phe bawn i wedi arfer chwarae gyda'i dolie hi, pe bai gyda hi ddolie yn y lle cynta, hynny yw ...

'Odi fe wedi sôn wrthot ti am ei arwyr?'

'Y ditectifs?'

'Ie.'

'O, odi.'

'A'i fod e'n meddwl ei fod e'n dipyn o dditectif ei hunan?'

Nodiodd Caryl. 'Sawl gwaith.'

O'n i'n dal ddim yn gallu credu 'nghlustie. Dyna lle ro'n nhw, dwy ro'n i wedi ymddiried cymaint iddyn nhw, yn 'y nhrafod i fel pe bawn i ddim yno. Falle 'mod i newydd brofi unwaith 'to gyda'r camgymeriad am lle roedd Caryl yn byw nad o'n i'n fawr o dditectif, ond doedd dim rhaid iddyn nhw gario mlaen am y peth, oedd e?

'Em, esgusodwch fi,' medde fi ar eu traws, gan swnio mor flin a diamynedd ac y gallen i. 'Oes 'na siawns am ychydig o wasanaeth fan hyn?'

Edrychodd y ddwy arna i a phwysodd eu tawelwch a'u syllu yn drwm ar 'y nghydwybod.

'Os gwelwch chi'n dda.'

'Beth wyt ti eisie gwybod?' gofynnodd Megan Williams, gan wisgo'i sbectol; yn llyfrgellydd unwaith 'to.

'Unrhyw beth, popeth, am Lys y Frân.'

'Llys y Frân?'

'Ie,' medde Caryl. 'Mae e rywle ar y ffordd i Lanllegyn.'

'Rhywle ar y ffordd?' medde Megan a thinc beirniadol beth-maen-nhw'n-'i-ddysgu-i-chi'n-yr-ysgol-'na'r llyfrgellydd yn ei llais. 'Ond,' medde hi, gan wenu ar Caryl, 'fe alla i dy esgusodi di gan dy fod yn newydd i'r ardal, ond ti,' ac fe drodd tuag ata i. Heb y wên. 'Fel un sy wedi ei eni a'i fagu yma, fe ddylet ti wybod yn iawn.'

'Gwybod beth?'

'Mai un o hen ffermydd mwya'r ardal yw Llys y Frân.'

'Wel, ie, wrth gwrs, ma hynny,' medde fi, gan geisio cuddio fy anwybodaeth. 'Ond ar wahân i hynny, beth sy mor arbennig am y lle?'

'Beth wyt ti'n feddwl?'

'Odi fe wedi bod yn y newyddion yn ddiweddar?'

Edrychodd Megan arna i dros ei sbectol yn feirniadol. 'Mae'n amlwg nad wyt ti'n darllen y *Dyfed Leader*.'

'Pam? O's rhywbeth am Lys y Frân wedi bod ynddo fe?'

Siglodd Megan ei phen. 'Pob rhifyn ers chwe mis, a nawr ac yn y man am fisoedd cyn hynny.'

'Pam?'

'Am fod caniatâd cynllunio wedi ei roi i adeiladu cant a hanner o dai yna, yn groes i ddymuniad llawer iawn o bobl.'

Adeiladu!

Edrychodd Caryl a finne ar ein gilydd.

'Odych chi'n cadw hen gopïe o'r *Dyfed Leader*'ma?' gofynnais.

Gwgodd Megan arna i dros ei sbectol unwaith 'to. 'Gethin, ble wyt ti?'

'Iawn. Ble y'ch chi'n cadw hen gopïe o'r *Dyfed Leader*?'

'Dewch gyda fi.' A dyma hi'n troi at un o'i chydweithwyr a dweud, 'Elwyn, dwi'n mynd i'r cefn am funud.'

Arweiniodd Megan Caryl a finne drwy ddrws gyda'r geiriau 'Staff Yn Unig' arno, ac ar hyd coridor hir a silffoedd llyfre ar hyd y ddwy ochr iddo nes i ni gyrraedd ystafell arall gyda rhesi a rhesi o silffoedd metel yn ymestyn o'r llawr i'r nenfwd a phob un ohonyn nhw'n llawn o bapure newydd.

'Dyma'r *Dyfed Leader* am y tair blynedd diwetha,' medde hi gan bwyntio at un stac o'r silffoedd a thomen o bapure a amrywiai o frown i felyn i wyn arni. 'Os ei di drwy'r rhain mae'n siŵr y cei di bopeth ti eisie am Lys y Frân.'

'Mynd drwyddyn nhw ...'

'Ymchwil, Gethin. Fydden i'n meddwl y byddet ti'n awchu amdano.'

'Oes gyda chi ddim mynegai iddyn nhw?' gofynnais, gan gofio un o'r pethe cynta roedd Megan Williams wedi 'i ddysgu i fi pan ddechreuais i fynd i'r llyfrgell i chwilio am wybodaeth ar gyfer fy ngwaith cartre.

Gwenodd Megan Williams. 'Mae gyda fi rywbeth gwell na hynny.'

# 33

Ro'n i'n gwybod bod y llyfrgell yn cadw mynegai o'r holl byncie arferol bydde disgyblion ysgolion cynradd yr ardal yn gofyn amdanyn nhw - ti'n gwybod, Rhufeiniaid, cestyll, y Celtiaid, afonydd, y tywydd ac yn y blaen - ac yn hel stwff o bob math o wahanol ffynonelle i greu pecynne dysgu. Dyna'r rhai ro'n i wedi arfer eu defnyddio, ond erbyn hyn, yn ôl Megan, doedd dim cymaint yn dod i ofyn amdanyn nhw gan fod pawb yn defnyddio Wikipedia i gael gwybodaeth. Ond er mor dda yw Wikipedia (ac fe ddylet ti fod wedi clywed Megan Williams yn dweud pa mor dda oedd e – ddim!) dyw'r hen Wiki ddim yn cynnwys lot o hanes lleol a dyna lle roedd mynegai'r llyfrgell yn dal yn werth y byd.

Ar gardie 4 wrth 6 – beth bynnag ma hynny'n 'i olygu, ond dyna roedd Megan yn 'u galw nhw – ro'n nhw'n arfer cadw'r holl nodiade hyn, ond yn ddiweddar ro'n nhw wedi dechre trosglwyddo'r wybodaeth oedd ar y cardie i fas data cyfrifiadurol. A Stan Meredith oedd yn gwneud y gwaith hwnnw.

'Stan,' medde Megan, gan roi ei llaw ar ei ysgwydd. 'Stan, dyma ddau sy eisie dy help di.'

Tynnodd Stan ddarne clust ei iPod o'i glustie a throi i'n hwynebu.

'Shw'mae,' medde fe, gan wthio'i wallt hir brown y tu ôl i'w glustie. 'Beth yw'r broblem?'

Mwmialodd Caryl a finne bobo helô, ond cyn i ni allu dweud dim mwy atebodd Megan droston ni.

'Llys y Frân. Popeth diweddar sy gyda ti am y lle.'

'Iawn. Dewch i mewn. Steddwch.' Ac fe drodd Stan yn ôl at y cyfrifiadur.

'Mae'n rhaid i fi fynd 'nôl at y cownter,' medde Megan. 'Os oes gyda ni rywbeth, fe ffeindith Stan e i chi.'

Eisteddodd y ddau ohonon ni ar ddwy gadair blastig lwyd y tu ôl i Stan ac edrych dros ei ysgwydd ar sgrin y cyfrifiadur. Fel arfer,

ma edrych ar rywun yn chware ar gyfrifiadur bron mor ddiddorol i
fi ag edrych ar rywun yn bwyta'i ginio, ond gan fod dyfodol Caryl
a fi yn dibynnu ar beth fydde Stan yn dod o hyd iddo, roedd gyda
fi dipyn bach fwy o ddiddordeb nag arfer.

'Llys y Frân, Llys y Frân,' mwmialodd Stan dan ei anadl wrth
deipio'r enw i'r peiriant chwilio.

Fe allen i wneud hyn gartre, meddyliais wrth weld y barometer
llwytho yn araf dyfu ar ochr dde'r sgrin.

'Nawr,' medde Stan, gan guro'i fysedd ar ymyl y ddesg i rythm
*reggae*. 'Falle'ch bod chi'n meddwl y gallech chi neud hyn gartre,
ond y gwir amdani yw, na, allwch chi ddim. Bas data'r cyngor yw
hwn at ddefnydd Adran Gwasanaethau Addysg a Hamdden yn
unig, a bydd hi sawl blwyddyn 'to cyn y bydd e ar gael i'r cyhoedd
i'w bori gartre yn 'u cadeirie esmwyth, os o gwbl, neu beth yw
pwynt cael llyfrgell, e?'

'Cytuno'n llwyr,' medde fi, gan geisio cau fy meddwl rhag Stan
a oedd yn amlwg yn gallu ei ddarllen.

'Co fe'n dod,' medde Stan, gan gyflymu curiade ei fysedd i
gresiendo.

Fflachiodd sgwarie o sgript ar y sgrin a phwysodd Caryl a
finne'n agosach fyth.

'Un deg saith ... dau ddeg tri ... tri deg naw ... pedwar deg ...,
pum deg pedwar ...' cyfrodd Stan wrth i'r blyche lifo i lawr y sgrin.
'Chwe deg tri *hit*, 'te.'

Sgroliodd Stan i fyny'r sgrin at y blwch cynta.

'Ma hynny'n dipyn o nifer. Shwd wyt ti am i fi 'u dosbarthu
nhw?' gofynnodd, gan hanner troi ata i. 'Yn ôl dyddiad, teip,
pwysigrwydd ..?'

'Em ... beth yw teip?'

'Y math o gategori: erthygl, adroddiad, llythyr, barn y golygydd
neu unrhyw beth arall.'

'A phwysigrwydd?' gofynnodd Caryl.

'Ar hyn o bryd ein dosbarthiad ni yw e; beth y'n ni'n meddwl
bydd pobl eisie'i weld pan fyddan nhw'n gofyn i ni neud chwiliad.'

'Hwnnw, 'te,' medde fi, yn synnu nad oedd e wedi eu dosbarthu nhw yn ôl pwysigrwydd o'r dechre.

'Falle dy fod ti'n meddwl y dylen i fod wedi gwneud hynny o'r dechre,' medde Stan er mwyn dangos heb unrhyw amheuaeth ei fod e *yn* gallu darllen fy meddwl. 'Ond gydag amser, fel bydd pobl yn defnyddio'r bas data, bydd y cyfrifiadur ei hunan yn eu rhoi nhw yn nhrefn pwysigrwydd. Reit 'te, beth yw diddordeb chi'ch dau yn Llys y Frân?'

Cadwais 'y ngheg ar gau a dwedodd Caryl, 'Datblygiad adeiladu.'

'Iawn, dyma lle ma'r allweddeirie'n dod yn bwysig.' Ac fe ddechreuodd Stan deipio unwaith 'to.

Roedd y nifer yn dal yn eitha uchel, pedwar deg naw i gyd, a oedd yn profi'r hyn roedd Megan Williams wedi ei ddweud am y sylw roedd y fferm wedi 'i gael yn ddiweddar.

'Yr erthygle fydden i'n 'u dewis gynta nawr,' medde Stan wrth iddo deipio'r gorchmynion. 'Gan eu bod nhw'n cynnwys ffeithie, sylwade a barn.'

'Iawn,' medde fi, yn rhagweld lot fawr o waith o'n blaen. 'Beth nesa? Rhestr o'r dyddiade roedd yr erthygle'n ymddangos yn y papur?'

'O, nage. Ma'r *Dyfed Leader* yn cael ei greu yn electronig felly ry'n ni'n gallu rhoi'r darne pwysig i gyd ar y bas data.'

'Iawn,' medde fi, yn gweld bod hynny'n mynd i arbed lot fawr o waith. 'Alli di argraffu'r erthygle i ni?'

Tarodd Stan yr allwedd.

# 34

Roedd Caryl a finne 'nôl yn y caffi uwchben y llyfrgell yn mynd drwy'r bwndel papure roedd Stan wedi ei roi i ni.

'Mae hon yn sôn am y cais cynllunio,' medde Caryl, gan wthio dalen o bapur ar draws y bwrdd.

'A hon,' medde fi, gan roi'r un ro'n i'n ei darllen ar ben ei dalen hi. 'Ond pa un sy'n dod gynta?'

'Ddylen ni fod wedi gofyn i Stan eu hargraffu nhw yn ôl dyddiad ar ôl iddo fe'u rhoi nhw yn nhrefn pwysigrwydd,' medde Caryl, gan fynd drwy'r papure oedd o'i blaen.

'Ti'n iawn. Ond fe allen ni neud 'ny. All e ddim fod yn lot o ... Beth?'

'Mae plismon newydd ddod i mewn,' medde hi, gan edrych lawr ar y papure ar y bwrdd.

'Wel?'

'Plismon, fan hyn. Lle ry'n ni. Ma'n rhaid ei fod e'n chwilio amdanon ni, amdana i, i ofyn ble'r oedd y ddau ohonon ni neithiwr.'

'Falle, ond falle fod 'na reswm arall pam ei fod e 'ma.'

'Er enghraifft?' gofynnodd Caryl.

Codais fy ysgwydde mewn anwybodaeth. 'Ei fod e eisie paned o goffi?'

'O, ie, wrth gwrs,' medde Caryl yn amheus.

'Gad iddo,' medde fi. 'Mwya i gyd rwyt ti'n panico, mwya'n y byd o sylw rwyt ti'n mynd i dynnu aton ni.'

Cedwais fy llygad ar y plismon rhag ofn ... ond ar ôl prynu dwy *muffin* fe adawodd heb edrych unwaith arnon ni. Fe ddwedais hyn wrth Caryl ac fe dawelodd ac fe ddechreuon ni fynd drwy'r papure.

'Dyma'r adroddiad cynta,' medde fi, gan ei ddarllen. '*Yn ei gyfarfod ddydd Mawrth diwethaf croesawodd y cyngor benderfyniad y Cynulliad Cenedlaethol i gadarnhau cais cynllunio Wynways Construction i adeiladau pum deg tri o dai a gwesty ar dir Llys*

*y Frân. Mae hyn yn dilyn ymchwiliad cyhoeddus a dwy flynedd*
*o ymgyrchu ar ran Cymdeithas Amddiffyn Llys y Frân i newid*
*penderfyniad gwreiddiol y cyngor...'*

'Ond nid hwnna yw'r adroddiad cynta os yw e'n dweud bod yr
ymchwiliad cyhoeddus wedi cymryd dwy flynedd,' medde Caryl.

'Ti'n iawn, ond hwn yw'r cynta sy gyda ni.'

'Pryd oedd e?'

'Y penderfyniad gwreiddiol?'

'Nage, yr adroddiad.'

'Em ...' ac edrychais drwy'r papure. 'Y degfed o Fawrth.'

'Pum mis 'nôl, dyna pryd roedden nhw wedi cael y caniatâd i
ddechre'r gwaith.'

'Ond dy'n nhw ddim wedi'i ddechre fe, odyn nhw. Tybed
pam?'

'Am fod gyda nhw bethe eraill, fel yr ysgol, i'w gorffen gynta,
mae'n siŵr.'

'Ie, ond os oedd gwrthwynebiad wedi bod ac wedyn
ymchwiliad cyhoeddus, mae'n rhaid bod Wynways Construction
wedi dechre cynllunio hyn flynyddoedd cyn hynny.'

Nodiodd Caryl ei phen. 'Ac wedi gwario arian mawr ar y
gwaith cynllunio.'

'Ti'n iawn. Bydden i'n meddwl y bydden nhw am ddechre
adeiladu a chael eu harian 'nôl cyn gynted â phosib.'

'Cyn i rywbeth arall eu rhwystro nhw, fel apêl Cymdeithas
Amddiffyn Llys y Frân.'

'Ond falle bod rhywbeth arall wedi'u rhwystro nhw.'

'Os oes 'na, fe ddyle fe fod fan hyn.' A daliodd Caryl ei
phentwr hi o'r papure i fyny.

Roedd hi'n amser i roi'r gore i ddamcaniaethu a mynd ati i
ddod o hyd i ffeithie.

# 35

Dri chwarter awr a dwy ddiod yn ddiweddarach ro'n ni wedi
mynd drwy'r papure roedd Stan wedi'u rhoi i ni. Ro'n ni wedi eu
rhoi nhw i gyd yn nhrefn amser yn y gobaith y bydde hynny'n
gwneud hi'n haws i ni ddilyn y digwyddiade, ac wedi gwneud
nodiade o'r pethe pwysig – wel, yr hyn ro'n ni'n meddwl oedd
yn bwysig, beth bynnag. Ar ôl hynny i gyd ro'n ni'n gobeithio y
bydde gyda ni syniad go dda am hanes Llys y Frân.

Ond yn lle dy orfodi i wrando arna i drwy'r amser, fe gaiff
Caryl ddweud wrthot ti beth ro'n ni wedi'i gasglu. Wel, a dweud
y gwir, Caryl oedd wedi gwneud y rhan fwya o'r gwaith o roi trefn
ar y papure, a hi hefyd oedd wedi ysgrifennu'r nodiade o'r hyn ro'n
ni'n meddwl oedd yn bwysig, felly dyw hi ond yn deg mai hi sy'n
dweud wrthot ti i ba gasgliade ddaethon ni. Ond, er gwybodaeth,
fi oedd wedi mynd i nôl y diodydd a thalu amdanyn nhw hefyd.
Ie, wel ... dyma Caryl.

'Ar ôl i'r Cynulliad gytuno â'r penderfyniad gwreiddiol a
chaniatáu'r cais cynllunio, roedd hi'n ymddangos bod y ffordd yn
glir i Wynways Construction fwrw ymlaen â'r gwaith. Ond doedd
pawb ddim yn derbyn y penderfyniad. Bob wythnos ers iddo gael
ei gyhoeddi, roedd o leia un llythyr wedi ymddangos yn y *Dyfed
Leader* oddi wrth aelodau Cymdeithas Amddiffyn Llys y Frân neu
aelod o'r cyhoedd yn rhybuddio'r darllenwyr pe na bai'r datblygiad
yn cael ei atal fe fydden nhw'n deffro un bore a darganfod bod
yr ardal gyfan o dan goncrit. Ym marn y gymdeithas dim ond
dechrau oedd y frwydr dros yr amgylchedd ac roedden nhw'n
bwriadu gwneud ymchwiliadau pellach i ddilysrwydd cais
cynllunio Wynways Construction.

'Ond doedd pawb ddim yn cytuno â Chymdeithas Amddiffyn
Llys y Frân, chwaith. Roedd rhai o lythyrwyr y *Dyfed Leader* o
blaid y datblygiad gan fod angen mawr am dai fforddiadwy ar
gyfer pobl ifanc, a bod cynllun Wynways Construction yn gam
positif i'r cyfeiriad hwnnw. Ond roedd gwrthwynebwyr y cynllun

wedi ymateb i'r llythyrau hynny gan ddweud nad oedden nhw'n
credu bod gan Wynways Construction y diddordeb lleiaf mewn tai
fforddiadwy a phobl ifanc, ac mai ar gyfer pobl ddieithr a fyddai'n
ymddeol i'r ardal y byddai'r mwyafrif o'r tai. Os oedd Wynways
Construction yn wir yn bwriadu darparu cartrefi ar gyfer pobl
ifanc yna fe ddylen nhw ddweud faint yn union o dai Llys y Frân
fyddai ar gyfer prynwyr cyntaf.

'Ond ni chafwyd ymateb gan Wynways Construction i hyn
nac i unrhyw bwynt arall roedd y llythyrwyr wedi eu codi. Ond
wedyn, doedd dim rhaid i'r cwmni ymateb; roedd y Cynulliad
wedi dweud bod popeth yn iawn a doedd dim rhaid iddyn nhw
gymryd unrhyw sylw o'r llythyrau.

'Ar ôl rhai wythnosau o'r dadlau cyhoeddus yma, a phan
oedd hi'n ymddangos bod pethau ar fin tawelu, ym mis Mai
cyhoeddodd y *Dyfed Leader* erthygl gan ei 'ohebydd arbennig' a
oedd yn dweud bod yna amheuaeth wedi codi ynglŷn â mynediad
i dir Llys y Frân. Ar gais Cymdeithas Amddiffyn Llys y Frân roedd
arbenigwyr o Brifysgol Abertawe wedi gwneud arolwg o'r darn tir
lle, yn ôl y cais cynllunio gwreiddiol, roedd prif fynedfa'r ystad i
fod ac roedden nhw wedi dod i'r casgliad ei fod yn llawer rhy wlyb
i adeiladu ffordd arno.

'Yn ôl yr arbenigwyr, os oedd Wynways Construction yn mynd
i adeiladu ffordd yn y fan honno byddai'n rhaid iddyn nhw yn
gyntaf ddraenio'r dŵr, ond petaen nhw'n gwneud hynny roedd
perygl gwirioneddol y byddai hynny'n effeithio ar gwrs yr afon ac
fe allai hynny achosi llifogydd ar ystad ddiwydiannol y dref.

'Doedd dim dewis gyda Wynways Construction yn awr; roedd
yn rhaid iddyn nhw ymateb. Dywedodd Wynford Samways ei fod
yn ymwybodol o'r broblem a bod y cwmni'n ymchwilio i'r mater
a'i fod ef yn hyderus y bydden nhw yn llwyddo i'w datrys yn fuan
er lles pawb, yn arbennig pobl ifanc yr ardal a oedd yn galw am dai
fforddiadwy, gan fod y sefyllfa'n llawer gwaeth nawr nag yr oedd
pan wnaeth y cwmni y cais cynllunio ddwy flynedd ynghynt.

'Yn dilyn ymateb Wynford Samways cafwyd sawl llythyr
arall gan wrthwynebwyr y cynllun yn ailadrodd yr hyn roedden

nhw wedi'i ddweud yn barod am y perygl i'r amgylchedd ac ariangarwch y cwmni adeiladu. Ymatebodd cefnogwyr y cynllun gan ailnodi'r dadleuon am dai fforddiadwy a dweud pe bai'r cwmni wedi cael llonydd i ddatblygu'r tir pan roddwyd y caniatâd gwreiddiol, yna y byddai nifer fawr o deuluoedd ifanc yr ardal yn byw yn y tai eu hunain erbyn hyn.

'Yng nghanol y llythyrau hyn roedd un gan gynghorydd sir a oedd yn amau'n fawr a fyddai Wynways Construction yn gallu datrys problem y tir gwlyb. Roedd y ffordd fawr a ffiniai â'r fferm yn llawer rhy droellog mewn unrhyw fan arall i gael mynediad diogel i'r tir, a gan fod y safle wedi ei amgylchynu ar y tair ochr arall gan yr afon, y rheilffordd a thir fferm arall o'r enw Waun Ganol, nid ar chwarae bach fyddai'r cwmni'n datrys y broblem. Roedd y cynghorydd o'r farn na fyddai datblygiad Llys y Frân yn cael ei wireddu.

'Dilynwyd hyn gan nifer o lythyrau o'r ddwy ochr ac er bod pawb yn mynegi eu safbwynt yr un mor gadarn ag erioed, doedd gan neb ddim byd newydd i'w ddweud. A dyna fel mae pethau ar hyn o bryd.'

Ddeallest ti hynna i gyd? Na, na finne chwaith. Falle ddylen i esbonio bod Caryl am wneud Cymraeg fel un o'i phum pwnc Lefel A – ie, dwi'n gwybod, pump; pam fydde rhywun yn dewis gwneud pump pan mai dim ond tri sy'n rhaid i ti 'i wneud, dwi ddim yn gwybod. A man y man i fi ddweud fan hyn y bydd Caryl yn cyfrannu 'to i hanes y Jaguar glas tywyll cyn y diwedd, ac os o't ti'n meddwl bod y darn bach yna fel chware *pool* gyda sbageti, arhosa di tan y tro nesa. Ond am y tro, pe bawn i'n ti, fe fydden i'n mynd i gael rhywbeth i'w yfed nawr ac yna rhoi cynnig arall ar ddarllen nodiade Caryl. Dyna beth dwi'n mynd i'w wneud, beth bynnag.

# 36

'Ond beth sy gyda hyn i gyd i'w wneud â ni?' medde fi ar ôl darllen y nodiade unwaith 'to.

'Dim byd, pe bait ti heb gymryd diddordeb yn Wynways Construction.'

'Ond doedd hynny ddim yn fwriadol, jyst digwydd nath e achos bod Jackie'n gweithio iddyn nhw.'

'Ac i Margam Powell hefyd.'

'Oedd, ond dyw hyn ddim yn dweud wrthon ni *pam* ei bod hi'n gweithio i'r ddau ohonyn nhw.'

'Doeddet ti ddim yn disgwyl gweld rhywbeth am hynny yn y papur, oeddet ti?

'Nago'n, ond ...' Ond wnes i ddim gorffen y frawddeg; roedd rhywbeth arall wedi cydio yn fy meddylie ac yn 'u harwain nhw ar hyd llwybr newydd. 'Dere â'r nodiade i fi.'

Estynnodd Caryl y tudalenne ac fe edrychais drwyddyn nhw'n gyflym, yn rhy gyflym, ac roedd yn rhaid i fi fynd 'nôl i'r dechre am yr ail waith cyn dod o hyd i'r darn ro'n i'n chwilio amdano.

'Dyma fe,' medde fi, gan ddarllen yr hyn roedd Caryl wedi'i ysgrifennu. *'Ym marn y gymdeithas dim ond dechrau oedd y frwydr dros yr amgylchedd ac roedden nhw'n bwriadu gwneud ymchwiliadau pellach i ddilysrwydd cais cynllunio Wynways Construction.'*

'Ie?'

'Gwneud ymchwiliade? Beth os mai Margam Powell oedd yn gwneud yr ymchwiliade ar ran y Gymdeithas? Dwi'n siŵr bod sôn am ryw gymdeithas yn y ffeil oedd ganddo fe ar Llys y Frân, a beth os mai nhw oedd wedi'i gyflogi fe i ymchwilio i'r cais cynllunio?'

'A bod ...' dechreuodd Caryl, ond fe dorrais i ar ei thraws. Fi oedd wedi gweld y cysylltiad a do'n i ddim yn barod i adael iddi hi roi'r darn olaf yn ei le.

'A bod Wynford Samways wedi dod i wybod hynny a'i fod e wedi anfon Jackie i weithio i Margam Powell er mwyn ffeindio mas beth oedd e wedi'i ddarganfod.'

'Ond,' medde Caryl a oedd wedi symud ymlaen yn barod tra o'n i'n dal i feddwl am y cysylltiad rhwng Wynways Construction a Margam Powell. 'Pam fydde Samways yn poeni am hynny? Oes 'na rywbeth amheus, rhywbeth anghyfreithlon, ynglŷn â'r cais cynllunio? Neu ynglŷn â'r ffordd mae'r cwmni'n bwriadu datrys problem y ffordd?'

'Ond shwd alle fe ddatrys problem y ffordd? Ma'r afon ar un ochr i Llys y Frân, y rheilffordd ar yr ochr arall iddi, a'r ffordd fawr a fferm arall ar y ddwy ochr arall. Doedd dim gobaith gydag e.'

'Nagoedd, ti'n iawn, doedd dim gobaith gydag e ar dair o'r ochre, ond beth am y fferm arall, Waun Ganol? Fe allen nhw adeiladu ffordd drwyddi hi i Llys y Frân.'

'Ond oni fydde'n rhaid iddyn nhw gael caniatâd i wneud hynny?'

'Wrth gwrs, a chytundeb pwy bynnag sy'n berchen y fferm.'

Meddyliais i am hyn i gyd am ychydig. Galle, fe alle fe fod yn ffordd i Wynways Construction ddod rownd problem y ffordd i Llys y Frân, ond ...

'Ond beth sy gyda hyn i'w wneud â Jackie?' gofynnais.

'Falle'i bod hi wedi dod o hyd i ryw wybodaeth a allai rwystro cynllunie newydd Wynways Construction.'

'Ond pwy fydde eisie'i lladd hi? Margam Powell? Cymdeithas Amddiffyn Llys y Frân?'

'Pam lai? Os oedd Margam Powell wedi dod i wybod ei bod hi'n gweithio i Samways a'i bod hi wedi rhoi'r wybodaeth honno iddo fe, on'd yw hynny'n ddigon o reswm iddo'i lladd hi?'

Siglais 'y mhen. 'Na, dwyt ti ddim yn nabod Margam Powell. Dwi ddim yn credu y galle fe ladd amser heb sôn am ladd person.'

'Paid â bod yn rhy barod i'w amddiffyn e,' medde Caryl, gan godi o'i chadair. 'Os oedd Jackie wedi ei dwyllo fe ac wedi rhoi gwybod i Samways beth oedd e wedi ei ddarganfod, alli di'n wir fod yn siŵr na fydde fe'n barod i'w lladd hi? Wel, alli di?'

# 37

Fe fuon ni'n mynd rownd a rownd yn trafod y cyfan am ryw chwarter awr arall ond heb ddod i unrhyw gasgliad na chael yr un weledigaeth, felly fe benderfynon ni adael y llyfrgell. Ond yn gyntaf roedd yn rhaid i Caryl, a finne, fynd â'r holl wydre 'nôl i'r cownter – rhywbeth i'w wneud â solidariti gweithwyr caffis, dwi'n meddwl.

Ar y ffordd lawr o'r caffi i lawr gwaelod y llyfrgell fe basion ni'r hysbysfwrdd mawr cyhoeddus lle ma pob math o gyngherdde, gweithgaredde a chyfarfodydd cymdeithase'r dref yn cael eu hysbysebu. Ac yno, yng nghanol gwahoddiade i rasys asynnod y Ford Gron, gala nofio'r pensiynwyr ac orie cyfarfod y Cylch Meithrin, roedd hysbyseb yn galw ar holl drigolion yr ardal i gefnogi ymgyrch Cymdeithas Amddiffyn Llys y Frân, gyda logo lliwgar CALlyF fel bwa'r arch ar frig y poster.

Dwi wedi sôn wrthot ti cyn hyn pa mor sylwgar ydw i, felly allen i ddim dweud ers pryd roedd y poster wedi bod ar yr hysbysfwrdd. Ro'n i ar fin tynnu sylw Caryl ato pan sylweddolais ei bod hi wedi sylwi arno'n barod.

Cerddodd y ddau ohonon ni allan o'r adeilad yn dawel. Doedd gyda ni ddim syniad lle ddylen ni fynd, na beth ddylen ni ei wneud nesa. Ro'n ni'n gwybod tipyn mwy am gefndir yr hyn oedd yn digwydd – neu o leia yr hyn ro'n i'n *meddwl* oedd yn digwydd – ond doedd hynny ddim yn golygu ein bod ni'n gwybod beth oedd *yn* digwydd, heb sôn am pam ga'th Jackie ei lladd, na phwy lladdodd hi. A gan fod 'na gymaint o fylche yn ein gwybodaeth allen ni'n dau ddim peidio trafod y peth.

'Alla i ddim credu y galle Margam Powell lofruddio Jackie,' medde fi'n bendant. 'Rhywun o Wynways Construction laddodd hi.'

'Mmm,' medde Caryl.

'Oherwydd y twyll cynllunio.'

'Mmm.'

'Ma Wynways Construction mewn tipyn o dwll oherwydd y ffordd.'

'Mmm.'

'Ond ma Samways yn benderfynol o gario mlaen gyda'r datblygiad.'

'Mmm.'

'Os yw hynny'n gyfreithlon neu beidio.'

'Mmm.'

'Ond roedd Jackie wedi dod i wybod hynny, gwybod beth roedd e'n bwriadu ei wneud.'

'Mmm.'

'Ac wedi bygwth mynd â'r wybodaeth at yr heddlu.'

'Mmm.'

'A dyna pam ga'th hi 'i llofruddio, am fod Samways am gadw'r wybodaeth yn gudd.'

'Mmm.'

'Wyt ti'n cytuno?'

Arhosodd Caryl ac edrych arna i ond ddwedodd hi ddim byd. Roedd hi'n amlwg yn dilyn fy rhesymu ac yn methu gweld dim byd o'i le arno.

'Ond sut mae lladd Jackie yn cadw'r wybodaeth yn gudd?' gofynnodd o'r diwedd.

'Beth?' Doedd hynny ddim yn rhan o'm rhesymu i.

'Wel, beth bynnag yw'r wybodaeth yma, ma Margam Powell yn gwybod beth yw e, on'd yw e? A Chymdeithas Amddiffyn Llys y Frân hefyd, fwy na thebyg, felly dyw lladd Jackie ddim yn golygu bod y wybodaeth yn mynd i ddiflannu, odi fe?'

'Nagyw,' roedd yn rhaid i fi gyfadde.

'Felly doedd dim rheswm gyda Wynford Samways nac unrhyw un arall o Wynways Construction, dros ei lladd hi.'

'Ond pam mai yn yr ysgol ga'th hi 'i llofruddio, 'te?' gofynnais i, gan fod hynny'n dal i gysylltu'r cwmni â'r llofruddiaeth.

'Yn hollol,' medde Caryl. 'Pam fydde Wynford Samways neu un o weithwyr Wynways Construction yn ei lladd hi yn yr ysgol, rhywle oedd yn ei chysylltu hi â nhw?'

'Am mai dyna lle ro'n nhw wedi trefnu cwrdd. Roedd Jackie wedi mynd 'na i ddweud wrthyn nhw pe na baen nhw'n rhoi'r gore i ddatblygu Llys y Frân bydde hi'n mynd at yr heddlu a dweud wrthyn nhw beth bynnag roedd hi'n ei wybod am beth bynnag roedden nhw'n mynd i'w wneud am beth bynnag ...' medde fi, gan redeg mas o wynt cyn gorffen y frawddeg.

'O'r gore, ond pam gadael ei chorff hi yna? Roedd hynny'n siŵr o dynnu'r cwmni i sylw'r heddlu.'

'A,' medde fi, oedd yn gwybod yn iawn pam roedd y llofrudd wedi gadael corff Jackie yn yr ysgol. 'Doedd e ddim yn gwybod bod rhywun arall 'na, a phan dorrais i ar ei draws e fe banicodd e a dianc.'

'Ond pam fydde'r ffaith fod ti 'na wedi'u stopio fe? Roedd e wedi lladd Jackie. Pam na fydde fe wedi dy ladd di hefyd?'

Do'n i ddim yn hoffi'r ffordd ffwrdd-â-hi 'ma roedd Caryl yn sôn am fy lladd i, ond fe adawais i hynny fod, am y tro. 'Un peth oedd lladd Jackie; bydde fy lladd i, neu trio fy lladd i, yn rhywbeth cwbl wahanol.'

'Gethin,' medde Caryl a rhyw dinc gwawdlyd yn ei llais. 'Ry'n ni'n sôn am adeiladwyr; dynion mawr, cryf, sy'n jyglo blocie concrit a chwde sment bob dydd. Wyt ti'n wir yn credu byddet ti'n gallu stopio un ohonyn nhw rhag dy ladd di?'

'Wel ...' Roedd gyda hi bwynt. Pwy o'n i'n trio'i dwyllo? Os mai un o weithwyr Wynways Construction oedd y llofrudd, fydde fy lladd i ddim wedi bod yn fawr o broblem iddo fe. 'Ti'n iawn. Ond os wyt ti'n iawn ...'

'Pam nad oedd e *wedi* dy ladd di?' medde Caryl, gan dorri ar 'y nhraws i unwaith 'to.

# 38

Do'n i ddim yn hoffi'r holl siarad 'ma am y posibilrwydd y gallen i fod wedi cael fy lladd yn fy hen ysgol, ond ro'n i'n gorfod cytuno â Caryl na fydde 'mhresenoldeb i yno wedi bod yn rhyw lawer o fygythiad i'r llofrudd. Ond o ystyried hynny, 'Felly rwyt ti'n meddwl mai rhywun arall, rhywun y tu fas i'r cwmni adeiladu laddodd Jackie?'

'Sy'n dod â ni 'nôl at Margam Powell a Chymdeithas Amddiffyn Llys y Frân.'

'Ie.'

Nawr ro'n i'n dechre deall pam mae ymchwiliade'r heddlu'n gallu mynd ymlaen am fisoedd ar fisoedd a dim byd i'w ddangos am yr holl waith. Doedd ymchwiliade go iawn ddim byd tebyg i *Frost* na *Taggart* lle roedd popeth yn cael ei ddatrys yn dwt ac yn daclus mewn dwy awr; ro'n ni wedi cymryd mwy na hynny i ddechre deall beth oedd mor bwysig am Llys y Frân. Roedd gan yr heddlu bob math o gyfrifiaduron a labordai i'w helpu, a'r cyfan oedd gyda ni oedd Stan, ond chware teg iddo, roedd y wybodaeth roedd e wedi ei rhoi i ni wedi bod yn help. Tybed a oedd yr heddlu wedi gwneud y cysylltiad hwnnw 'to?

A sôn am yr heddlu a gwneud cysylltiade, fe ddechreuais feddwl am Sarjant Ian Davies a'r broblem fach o *alibi*. Felly fe ofynnais i Caryl, 'Beth y'n ni'n mynd i ddweud wrth yr heddlu am neithiwr?'

Cododd hi ei hysgwydde. 'Ddylen i ddweud y gwir, ond dwi'n ame'n fawr a fydden nhw'n ein credu ni nawr a tithe wedi dweud cymaint o gelwydde wrthyn nhw.'

'Hei, beth ti'n feddwl?' gofynnais, yn teimlo'n eitha amddiffynnol, ond unwaith 'to, ar ôl i fi feddwl am eiliad, roedd yn rhaid i fi gyfadde ei bod hi'n iawn. Ond wedyn roedd pethe braidd yn annheg ac fe ddwedais i hynny wrthi. 'Ond pe bawn i'n gallu gweld canlyniade pethe cyn iddyn nhw ddigwydd yna falle na fydden i wedi gorfod dweud celwydd wrthyn nhw wedyn.'

Arhosodd Caryl a throi i edrych arna i. 'A beth sy mor arbennig amdanat ti bod ti'n meddwl y dylet ti gael gweld y dyfodol cyn penderfynu beth ddylet ti 'i neud yn y presennol?'

'Nage, ddim dyna o'n i'n feddwl,' medde fi'n amddiffynnol 'to.

'Wel dyna shwt oedd e'n swnio i fi, beth bynnag.'

Aeth pethe'n dawel rhwng y ddau ohonon ni am ychydig. Fi'n meddwl am beth roedd Caryl newydd ei ddweud a hithe'n meddwl am ... doedd gen i ddim syniad am beth roedd hi'n feddwl. Ond o rywle fe ges i syniad.

'Cerdded rownd y dre.'

'Beth?'

'Fe allen ni ddweud ein bod ni jyst wedi bod yn cerdded rownd y dre.'

'Beth am y camerâu CCTV?' medde Caryl, gan daflu dŵr oer ar fy awgrym.

'Dim ond yn y prif strydoedd yng nghanol y dre ma nhw.'

Ac fe driais i gofio ar hyd pa strydoedd o'n i wedi cerdded o 'nghartre i'r ysgol y noson cynt. Dros wal gefn yr ysgol ro'n i wedi mynd i mewn i'r safle, ac ar hyd rhai o strydoedd cefn y dre ro'n i wedi cyrraedd yno, ond allen i ddim bod yn siŵr nad o'n i wedi cael 'y ngweld yn mynd o'r naill stryd i'r llall. Fydden i ddim yn hoffi mentro 'mywyd arno fe beth bynnag.

'A beth os oedd un o'r camerâu wedi ffilmio dim ond un ohonon ni pan oedd y ddau ohonon ni i fod gyda'n gilydd drwy'r nos?'

'Ti'n iawn,' medde fi'n dawel. 'Do'n i ddim wedi meddwl am hynny.'

Dwi'n gwybod, dwi'n gwybod, sy'n dangos bod yn rhaid i ti feddwl am bopeth unwaith ti'n dechre dweud celwydd.

'Ond does dim eisie mynd o flaen gofid,' medde fi, gan geisio codi 'nghalon fy hun drwy ddefnyddio un o hoff ymadroddion Mam. 'Falle na fydd yr... Heddlu!'

Roedd un o'r ceir glas, melyn a gwyn newydd droi cornel pen y stryd ac yn dod tuag aton ni.

'Paid colli dy ben,' medde Caryl. 'Does dim rhaid eu bod nhw ar ein hôl ni. Bydd yn gadarnhaol a bydd popeth yn iawn.'

Daeth y car yn agosach ac arafu nes ei fod e yn ein hymyl, ac arhosodd. Llithrodd y ffenest ar agor ac ymddangosodd pen plismon drwyddi.

'Gethin Evans?'

Syllais ar y plismon. Doedd e ond yn rhyw dri deg mlwydd oed, ond roedd ei wyneb crwn yn barod yn dangos ei fod e'n treulio gormod o amser yn eistedd mewn ceir ac yn bwyta pryde parod. Am eiliad fe groesodd fy meddwl i redeg i ffwrdd er mwyn gweld faint o amser fydde hi'n cymryd iddo fe golli ei wynt, ond fe galliais a dweud, 'Ie.'

Estynnodd y plismon y tu ôl iddo – gydag ymdrech – ac agor drws cefn y car. 'Ma Sarjant Davies eisie gair gyda ti.'

Suddodd 'y nghalon. Wfft i Caryl a bod yn gadarnhaol.

'Pwy wyt ti?' gofynnodd y plismon i Caryl wrth i fi ddringo i mewn i gefn y car.

'Ffrind i Gethin,' medde Caryl, gan edrych yn ddiniwed a di-hid.

Edrychodd y plismon arni am ychydig, naill ai'n pwyso a mesur beth ddyle fe 'i wneud, neu'n trio'i ore i wneud iddi deimlo'n lletchwith. Ond o ble ro'n i'n eistedd, doedd Caryl ddim yn edrych fel ei bod hi'n teimlo'n lletchwith o gwbl, ac roedd yr ymdrech i benderfynu beth ddyle fe 'i wneud yn amlwg yn drech na'r plismon, felly fe ddwedodd, 'Iawn, alli di fynd,' dim ond er mwyn dweud rhywbeth.

Wrth i'r car yrru i ffwrdd fe edrychais 'nôl drwy'r ffenest gefn, ond roedd Caryl yn cerdded i'r cyfeiriad arall yn barod; heb droi 'nôl unwaith i edrych arna i'n mynd gyda'r heddlu.

# 39

Ti'n gwybod cystal â fi fod rhai pobl yn meddwl bod ni 'bobl ifanc' mewn a mas o orsafoedd yr heddlu sawl gwaith y dydd ac yn casglu ASBOs fel maen nhw'n casglu'u pensiwn, ond tan nawr do'n i erioed wedi bod tu mewn i un. Ro'n i wedi gweld *The Bill*, wrth gwrs (un o hoff raglenni Mam, gyda llaw), ac roedd gyda fi ryw syniad o beth i'w ddisgwyl, ond ar waetha hynny, ma'n rhaid i fi gyfadde nad o'n i'n edrych ymlaen at y profiad.

Ar y daith yno ddwedodd yr un o'r ddau blismon air wrtha i. Ro'n i'n eistedd yn llonydd yn y cefn yn syllu ar y cylchoedd cnawd ar warrau'r ddau yn y seddi blaen – roedd yr ail blismon (ro'n i'n meddwl amdano fel Poli) bron mor grwn â'r cynta (ac, wrth gwrs, Roli oedd e) – yn gwrando arnyn nhw'n siarad bymtheg i'r dwsin am rywun o'r enw Pete a'r hyn roedd e wedi bod yn ei wneud ar ei wylie pysgota, ond wrtha i, do'n nhw ddim wedi dweud gair.

Roedd hynny wedi rhoi digon o lonydd ac amser i fi hel pob math o feddylie am pam roedd Sarjant Davies am 'y ngweld i, beth fydde'n digwydd i fi ar ôl i ni gyrraedd, am faint o amser bydden i yno, a fydden i'n cael gadael o gwbl, oedd rhaid i'm rhieni gael gwybod am hyn i gyd (hoffi *The Bill* neu beidio, do'n i ddim yn meddwl y bydde Mam yn rhyw hapus iawn).

Falle do'n nhw ddim yn siarad â fi am eu bod nhw am i fi chwysu fel y bydden i'n barod i gyfadde i unrhyw beth, gan gynnwys llofruddiaeth. Ro'n i wedi darllen digon am bobl yn cyffesu i bob math o drosedde do'n nhw ddim wedi eu cyflawni ond ro'n i'n bendant nad oedd hynny'n mynd i ddigwydd i fi. Ond wedyn, ma'n siŵr eu bod nhw hefyd wedi dweud hynny. Ond ro'n i'n wahanol, ro'n i'n ddieuog. Ond wedyn, wedi meddwl, ma'n siŵr eu bod nhw wedi dweud hynny hefyd.

Ac yn y cyflwr mewn dau feddwl hwnnw o'n i pan gyrhaeddon ni'r orsaf. Tynnais ddolen y drws i'w agor ond agorodd e ddim; roedd yn rhaid i fi aros i un o'r plismyn ei agor e o'r tu fas – roedd e'n fy atgoffa o'r amser pan o'n i tua phedair blwydd oed a Tad-cu a Mam-gu yn mynd â fi am dro yn y car ac yn gwneud peth mawr o roi'r *child lock* mlaen er mwyn i fi fod yn ddiogel – roedd hi'n amlwg bod yr heddlu yr un mor ofalus ohona i.

Ar ôl i fi ddringo mas o'r car, arweiniodd Roli a Poli fi drwy ddrws cefn yr adeilad i'r dderbynfa a'm rhoi yng ngofal plismon arall.

'Dilyna fi,' medde hwnnw, gan ddechre cerdded lawr y coridor. A gan fod y plismon hwnnw yn fwy o faint hyd yn oed na'r ddau arall, roedd yn rhaid i fi ei ddilyn gan nad oedd y coridor yn ddigon llydan i fi gerdded yn ei ymyl.

Cerddon ni lawr y coridor, fe'n anadlu'n drwm a fi'n syllu ar y patrwm chwys yn lledaenu ar draws cefn ei grys. Hanner ffordd i lawr y coridor arhoson ni ar bwys drws ystafell.

'Mewn,' medde'r plismon, ac fe es i mewn.

'Stedda fan'na,' medde fe, gan bwyntio at un o ddwy gadair ar bwys y bwrdd oedd ar ganol llawr yr ystafell fach. Roedd yna hyd yn oed beiriant recordio ar y bwrdd – jyst fel *The Bill.*

Eisteddais, ac ro'n i'n dal i eistedd ddeg munud yn ddiweddarach, yn edrych ar y plismon a onedd yn eistedd ar bwys y drws. Doedd e ddim wedi dweud gair wrtha i, ond o leia doedd dim rhaid i fi wrando ar fwy o helyntion Pete Pysgotwr. Ond doedd hynny ddim yn golygu nad o'n i'n meddwl am Pete, ac wrth i fi feddwl amdano fe ges i syniad am gymeriad cartŵn a oedd yn cael pob math o anturiaethe yn darganfod llonge tanfor, trysor môr-ladron, angenfilod ac ambell i fôr-forwyn. Ro'n i newydd gyrraedd y darn lle'r oedd y cartŵn wedi cael ei droi yn gêm gyfrifiadur, ac ro'n i ar fin gwneud fy ffortiwn, pan ddaeth y sarjant i mewn – alli di wastad ddibynnu ar yr heddlu i sbwylo dy sbort.

'Gethin,' medde fe ac eistedd gyferbyn â fi.

'Sarjant,' medde fi. Ro'n i'n teimlo'n eitha penysgafn erbyn hyn. Falle bod anadlu persawr y plismon ar bwys y drws am y deng munud diwetha wedi effeithio arna i, neu roedd meddwl am anturiaethe Pete Pysgotwr wedi tawelu tipyn ar fy ofne. Beth bynnag oedd y rheswm, erbyn hynny do'n i ddim yn poeni rhyw lawer am beth oedd gyda Sarjant Ian Davies i'w ddweud; ro'n i'n gwybod nad fi lladdodd Jackie. Falle nad o'n i wedi dweud y gwir i gyd wrtho fe am yr hyn ro'n i'n ei wybod, ond do'n i ddim yn llofrudd.

Ond doedd y sarjant ddim yn ymddangos fel petai e wedi sylwi ar fy agwedd ddim-yn-becso'r-dam gan fod ei sylw e i gyd ar y ffeil oedd o'i flaen. Edrychodd drwyddi nes dod o hyd i'r ddalen roedd e eisie ac yna treulio rhai eiliade 'to yn edrych ar honno. Yna, o'r diwedd, cododd ei ben ac edrych arna i. Gwenodd a dweud, 'Ti'n cofio pan siaradon ni bore 'ma?'

'Odw.' Dim ond bore 'ma oedd hynny? Roedd hi'n teimlo fel oes yn ôl.

'Ac fe ofynnais i i ti os o't ti'n nabod Jackie Thomas.'

'Do.'

'Ac fe ddwedest ti fod y ddau ohonoch chi wedi trio am waith gyda Margam Powell.'

'Do.'

'Pryd oedd hynny?'

Edrychais arno fe'n hurt am eiliad neu ddwy cyn dweud, 'Bore 'ma.' Roedd y sarjant hefyd wedi cael diwrnod prysur, ma'n amlwg.

'Nage,' medde fe ychydig yn ddiamynedd. 'Ddim pryd ofynnais i'r cwestiwn i ti, ond pryd est ti i weld Margam Powell am y swydd.'

Rhochiodd y plismon ar bwys y drws.

'O...' ac fe driais gofio pryd oedd hynny. Os oedd bore 'ma'n teimlo fel oes yn ôl, roedd wythnos diwetha'n teimlo fel bywyd rhywun arall ac roedd yn rhaid i fi feddwl yn galed am ychydig, ond o'r diwedd, fe ddwedais i, 'Pythefnos i ddydd Iau diwetha.'

'Dyna pryd ddechreuodd Jackie weithio i Margam Powell?'

'Fydden i ddim yn meddwl; diwrnod y cyfweliad oedd hwnnw. Pam na wnewch chi ofyn i Margam Powell?'

Ond anwybyddodd y sarjant yr awgrym a gofyn, 'Pa ddiwrnod ddechreuest ti ddilyn Jackie?'

'Em, wythnos i ddydd Llun diwetha.'

'Ac roedd hi'n gweithio i Margam Powell erbyn hynny?'

'Wel, ddaeth hi mas o'i swyddfa fe amser cinio beth bynnag.'

'Ac o fan'ny o't ti'n ei dilyn hi?'

'Ie.'

'Bob tro.'

'Ie.'

'Nest ti 'i dilyn hi o unrhyw le arall?'

'Naddo.'

'Ac fe ddilynest ti hi bob amser cinio o'r dydd Llun hwnnw tan ddoe?'

'Do.' Ond yna fe gofiais i am y ddau ddiwrnod o'n i wedi bod yn paentio Cool Pool ac yna, fel ro'n i ar fin dweud hynny wrth y sarjant, cofiais i am y diwrnod o'n i wedi bod yn torri lawntie Dilys Grant. 'Naddo.'

Rhochiodd y plismon ar bwys y drws unwaith 'to ac edrychodd y sarjant arna i'n amheus. 'Pa un? Do neu naddo?'

Ac fe esboniais i am y diwrnode hynny.

Tra oedd e'n ysgrifennu hyn i gyd lawr fe ddechreuais i feddwl am y cwestiyne roedd e'n eu gofyn a pham 'i fod e'n 'u gofyn nhw. A'r ateb, wrth gwrs, oedd, os mai gweithio i Margam Powell oedd Jackie, beth oedd hi'n 'i wneud yn cael ei llofruddio yn safle adeiladu ei hen gyflogwr?

A gan 'mod i wedi cyfadde 'mod i wedi bod yn ei dilyn hi ers dros wythnos, roedd hi'n ddigon rhesymol i'r sarjant feddwl bod gyda fi wybodaeth a allai fod o help iddo fe. Roedd hynny'n wir, roedd gyda fi wybodaeth a allai fod o help iddo ond allen i ddim dweud wrtho fe nad hen gyflogwr Jackie oedd Wynford Samways ond ei chyflogwr presennol, ac mai fe, fwy na thebyg, oedd wedi ei hanfon hi i weithio i Margam Powell. Bydde hynny'n arwain at bob math o gwestiyne eraill; rhai na fydde mor hawdd eu hateb.

Roedd y sarjant eisoes wedi gofyn i fi o ble o'n i wedi dilyn Jackie ac ro'n i'n siŵr mai'r peth nesa fydde fe eisie gwybod fydde a o'n i wedi'i gweld hi ar bwys safle'r hen ysgol, ac fel roedd hi'n digwydd dyna oedd ei gwestiwn nesa.

'Nest ti ddilyn Jackie i safle'r hen ysgol gynradd yn Ffordd Picton?'

'Naddo.'

'Ti'n siŵr?'

'Odw.'

Edrychodd y sarjant ar ei nodiade ac roedd hynny'n gyfle i fi feddwl ychydig. Ai nawr oedd yr amser i ddangos 'mod i'n gwybod? Gofyn, a'i gael e mas o'r ffordd? Oedais am eiliad ond ro'n i'n gwybod bod rhaid i fi ofyn, felly gofynnais, 'Dyna lle ddaethoch chi hyd i'w chorff hi, yntefe?'

Syllodd y sarjant arna i'n galed, yna plethodd ei fysedd, pwyso ymlaen dros y ddesg a syllu arna i.

'A sut wyt ti'n gwybod hynny, Gethin?'

# 40

'Wel?'

Roedd ei edrychiad bron yn ddigon i wneud i fi gyfadde.

'Clywed pobl yn siarad wnes i. Ma pawb yn siarad am y llofruddiaeth. Falle bod rhywun sy'n gweithio ar y safle wedi dweud. Neu un o'r plismyn. Neu'r bobl ambiwlans.'

'Pobl ambiwlans?'

'Y rhai aeth â'i chorff hi o 'na.'

Pwysodd y sarjant 'nôl yn y gadair. 'Ti *yn* dipyn o dditectif, on'd wyt ti?'

Do'n i ddim yn gwybod sut i ateb hwnna; roedd bod yn dditectif wedi 'nghael i mewn i ddigon o ddŵr poeth yn barod.

A fydde dangos 'mod i'n gwybod beth oedd y drefn ar ôl darganfod corff yn golygu bod gyda fi ddiddordeb afiach mewn llofruddiaethe? A fydde hynny'n golygu y gallen i fod yn llofrudd?

Ond beth bynnag roedd y sarjant yn ei feddwl, allen i ddim peidio â meddwl am hyn a chant a mil o bytie eraill o wybodaeth oedd yn troi a throsi yn fy meddwl.

Roedd hi'n amlwg erbyn hyn fod y sarjant yn gwybod mai gyda Wynways Construction roedd Jackie wedi bod yn gweithio cyn iddi fynd at Margam Powell, ond faint yn fwy oedd e'n ei wybod? Ei bod hi'n dal i weithio iddo fe? Bod Margam Powell yn ymchwilio i gais cynllunio Wynways Construction? A faint o hyn ddylen i, y person diniwed fel ag yr o'n i, ei wybod?

O ystyried hyn i gyd, y peth calla i fi wneud fydde eistedd yno'n dawel tra oedd y sarjant yn rhedeg rownd a rownd mewn cylchoedd nes y bydde fe'n dod i'r casgliad nad oedd gyda fi ddim mwy i'w ddweud wrtho fe a'i fod yn penderfynu 'ngadael i fynd.

Dyna beth *ddylen* i wneud, ond ma'n siŵr dy fod yn fy nabod i'n ddigon da erbyn hyn i wybod nad dyna beth wnes i. O na. Yn lle cadw 'ngheg ar gau dyma fi'n gofyn, 'Odych chi'n gwybod beth o'dd hi'n 'i wneud yn yr ysgol?'

Siglodd y sarjant ei ben. 'Na. Oes gyda ti syniad, Gethin? Fel ditectif, hynny yw.'

Siglais inne 'mhen. 'Na.'

Tyfodd y distawrwydd yn yr ystafell unwaith 'to. Yn aml pan fydd hynny'n digwydd ma rhywun yn siŵr o deimlo y dyle fe ddweud rhywbeth ac yn cracio. Ond ro'n i'n benderfynol nad y fi fydde fe, ac roedd hi'n amlwg bod y sarjant yr un mor benderfynol. Ond roedd y ddau ohonon ni wedi anghofio am y plismon ar bwys y drws.

'Falle mai wedi cael ei chario 'na ar ôl iddi gael ei lladd oedd hi,' awgrymodd hwnnw.

Trodd y sarjant ato a gwgu. 'Beth?'

'Falle mai wedi cael ei chario 'na ar ôl iddi gael ei lladd oedd hi,' ailadroddodd y plismon cyn ychwanegu, 'Chi'n gwybod, ei bod hi wedi cwrdd â'i llofrudd yn rhywle arall a ...'

'Iawn, Howells,' medde'r sarjant ar ei draws. 'Dwi'n credu y gallwn ni adael hwnna ble mae e.'

'Wel, dim ond ...'

'Iawn?'

'Iawn,' medde Howells mewn llais bach pigog, a gyda rhochiad anfodlon plethodd ei ddwylo dros ei fol.

Trodd y sarjant 'nôl ata i a gofyn, 'Pan o't ti'n dilyn Jackie, welest ti rywun arall yn ei dilyn hi?'

'Naddo.'

'Meddylia nawr. Falle nad o't ti'n disgwyl gweld neb, ond meddylia am funud, oedd 'na unrhyw un arall ro't ti'n ei weld bob dydd lle bydde Jackie'n mynd?'

Meddyliais, gan drio dychmygu'r troeon ro'n i wedi dilyn Jackie, ond allen i ddim gweld neb na dim byd arall, dim ond Jackie.

'Beth am Margam Powell?' gofynnodd y sarjant.

'Margam Powell?' medde fi'n syn.

'Ie. Oedd e'n arfer gadael y swyddfa yr un pryd â Jackie?'

'Nagoedd, dwi ddim yn meddwl.'

'Ddim unwaith?'

'Naddo, dwi ddim yn 'i gofio fe.'

'Ddim o gwbwl?'

'Naddo.'

Nodiodd ei sarjant ei ben yn araf ac ysgrifennu mwy yn y ffeil.

Pam gofyn am Margam Powell? Falle bod y sarjant yn gwybod ei fod e'n ymchwilio i'r cais cynllunio wedi'r cyfan, a'i fod e'n meddwl bod Margam Powell wedi dod i wybod bod Jackie'n gweithio i Wynways Construction. Os felly, cam bach oedd meddwl bod gyda Margam Powell achos i lofruddio Jackie. Wel, pam lai? Roedd Caryl wedi meddwl yr un peth.

Gorffennodd y sarjant ysgrifennu a chaeodd y ffeil. 'Iawn 'te, Gethin, dwi'n credu mai dyna'r cyfan.' Cododd y sarjant o'r gadair ac ymdrechodd y plismon ar bwys y drws i wneud yr yn peth. Fe godais inne a'u dilyn nhw allan o'r ystafell.

Cerddodd y tri ohonon ni 'nôl ar hyd y coridor a Sarjant Davies yn diolch i fi am fod yn ddinesydd da am fod mor barod i helpu'r heddlu gyda'u hymchwiliade. Neu o leia dyna beth o'n i'n dychmygu ei fod e'n ei ddweud, gan nad o'n i mewn gwirionedd yn gwrando arno fe. Roedd fy sylw i gyd ar y dderbynfa ym mhen pella'r coridor. Yno roedd Roli a Poli, a rhyngddyn nhw, yn edrych yn bryderus a blêr, ddim fel y pin mewn papur arferol, roedd Margam Powell.

# 41

Ro'n nhw *yn* ame Margam Powell o lofruddio Jackie!

Falle 'u bod nhw'n fwy na'i ame fe; yn fwy na dim ond gwybod ei fod e'n ymchwilio i'r cais adeiladu, ac yn gwybod beth oedd e wedi'i ddarganfod. Falle bod gyda nhw dystiolaeth bendant mai fe llofruddiodd Jackie.

Allen i gicio'n hunan nad o'n i wedi treulio mwy o amser yn darllen cynnwys ffeil Llys y Frân pan o'n i yn swyddfa Margam Powell. Ma'n siŵr bod tipyn mwy o wybodaeth berthnasol ynddi: yr hyn roedd e wedi'i ddarganfod am gynllunie Wynford Samways; beth oedd y cwmni'n mynd i wneud nesa fel y gallen nhw ddechre ar y gwaith adeiladu; sut oedd e'n mynd i gael ffordd newydd ...

Wrth gwrs! Dyna oedd y dystiolaeth oedd gyda'r heddlu! Ro'n nhw *wedi* gweld cynnwys y ffeil ac yn gwybod yn union beth oedd hi'n ei ddweud am Wynford Samways. Ma'n rhaid bod yr heddlu wedi holi Samways am Jackie ar ôl i'w chorff gael ei ddarganfod yn yr ysgol, ac ma'n rhaid ei fod e wedi cyfadde wrthyn nhw ei bod hi'n dal i weithio iddo fe yn ogystal â gweithio i Margam Powell. Unwaith roedd yr heddlu'n gwybod hynny, roedd hi ar ben ar Margam Powell.

Roedd hyn i gyd ond yn profi cymaint o gamgymeriad roedd Margam Powell wedi ei wneud yn dewis Jackie yn fy lle i. Nawr, pe bai e wedi 'newis i fe fydden i wedi gallu'i helpu fe gyda'i ymchwiliad i Wynways Construction. Fe allen i fod wedi cael gwaith gyda'r cwmni, dod yn ffrind i Bob y Bildar hyd yn oed, a ffeindio mas beth yn union roedd Samways yn ei wneud. Dim ond diwrnod neu ddau, wythnos ar y mwya, fydde eisie arna i ac fe fydden i wedi dod i wybod popeth am Lys y Frân, ond yn lle hynny roedd Margam Powell wedi ...

'Gethin! Gethin! Paid sefyll yna fel delw, dwed rhywbeth.'

Torrodd y llais ar draws fy synfyfyrio. Ro'n i'n nabod y llais yn iawn; roedd e wedi torri ar draws fy synfyfyrio sawl gwaith yn y gorffennol; ar brynhawn dydd Gwener, fel arfer, pan o'n i'n cael gwers ddwbwl ffiseg.

'Helo, Mrs Grant.'

'Beth wyt ti'n neud yn dod mas o orsaf yr heddlu? Dwyt ti ddim mewn trwbwl, wyt ti?'

'Nadw. Helpu'r heddlu gyda'u hymchwiliade, dyna i gyd,' medde fi, gan geisio ymddangos yn ysgafnach nag o'n i'n teimlo.

Edrychodd Dilys yn amheus arna i. 'Ac ry'n ni i gyd yn gwybod beth ma hynny'n 'i olygu, ond y'n ni, Gethin. Oes rhywbeth o'i le?'

'Nagoes. Dim,' medde fi, gan ddechre cerdded lan y stryd.

Ond do'n i ddim yn mynd i gael gwared â Dilys mor hawdd â hynny. Yn wir, roedd ei disgyrchiant mor gryf fel ein bod ni'n cydgerdded o fewn hanner eiliad.

'Wyt ti'n siŵr? Ti'n gwybod y galli di siarad â fi, on'd wyt ti?'

Roedd y sgwrs hon yn un weddol gyfarwydd hefyd; sainglip allan o unrhyw un o'r gwersi ABCh ro'n i wedi 'u cael 'da Dilys dros y blynyddodd. Gwersi a fydde fel arfer yn gorffen gyda hi'n dweud, 'Os oes unrhyw un ohonoch chi am drafod unrhyw beth, cofiwch fod drws fy ystafell i wastad ar agor'. Do'n i erioed wedi derbyn y gwahoddiad, er ro'n i wedi cael 'y nhemtio fwy nag unwaith ym mlwyddyn wyth pan oedd Joseff Williams a Gavin

Michael yn 'y mhoeni i bob cyfle gethen nhw, ond wnes i ddim. Falle y dylen i fod wedi gwneud.

'Wel ...' medde fi, gan ddechre gwanhau.

'Ie?'

Anadlais yn ddwfn. 'Chi 'di clywed am y llofruddiaeth yn yr hen ysgol?'

'Odw, wrth gwrs 'mod i; dyna destun sgwrs pawb heddi.'

'Wel, ro'n i'n 'i nabod hi.'

'Pwy? Y ferch ga'th ei llofruddio?'

'Ie.'

'Shwd o't ti'n 'i nabod hi? Doedd hi ddim dy oedran di, oedd hi? Ro'n i'n meddwl ei bod hi'n hŷn.'

'Wel, oedd, a do'n i ddim yn ei nabod nabod hi, ond roedd y ddau ohonon ni wedi trio am yr un swydd.'

'Y swydd gyda'r cyngor? Dosbarthu taflenni?'

'Beth?' Ma'n rhaid 'mod i wedi edrych yn hurt arni, gan i'r hen olwg paid-trethu-fy-amynedd ymddangos ar ei hwyneb, ond yna fe gofiais i am yr hyn ro'n i wedi 'i ddweud wrthi pan gwrddon ni ar Lôn y Mynydd. 'O, na, ddim honno, gwaith arall oedd hwn, gyda Margam Powell y ditectif.'

Arhosodd yn stond a chydio yn 'y mraich fel bod rhaid i finne aros hefyd. 'Ditectif?'

Allen i ddim â'i beio hi, a dweud y gwir. Ro'n i'n ymwybodol nad o'n i'n gwneud llawer o synnwyr, ond doedd gyda fi mo'r nerth i ddechre esbonio'r cyfan wrth rywun oedd ddim yn gwybod am Margam Powell, Llys y Frân a Wynways Construction, felly'r cyfan wnes i oedd dweud, 'Ie,' a thrio gwenu a pheidio ag edrych yn rhy lletchwith. 'Dwi'n gwybod beth ych chi'n feddwl ond ... wel, roedd e'n rhywbeth i'w wneud dros yr haf.'

Ond roedd yr olwg ar wyneb Dilys yn dal yn un ddifrifol, yn llawn consyrn a chwestiyne. Yn enwedig cwestiyne.

Fe ddechreuais i gerdded 'to a dilynodd Dilys fi. Ddwedodd hi ddim byd am sbel ond roedd hi'n amlwg yn meddwl am fy sefyllfa gyda'r heddlu gan iddi ddweud o'r diwedd, 'Edrych, Gethin, ddim rhywbeth bach yw llofruddiaeth a dyw'r heddlu ddim yn bobl i chware gyda nhw. Os oes gyda ti rywbeth i'w wneud â llofruddiaeth Jackie, neu os wyt ti'n gwybod rhywbeth am ei llofruddiaeth, ma'n well i ti fod yn agored ynglŷn ag e o'r dechre; byddan nhw'n siŵr o ffeindio mas yn y diwedd.'

Roedd hi'n iawn, wrth gwrs, ro'n i'n gwybod hynny ac wedi gwybod hynny ers amser, ond eto roedd amgylchiade a'r holl gelwydde ro'n i wedi'u dweud wedi ei gwneud hi'n anodd, os nad yn amhosibl, i fi ddweud y cyfan ro'n i'n ei wybod wrth yr heddlu. Os o'n i wedi dweud celwydd wrthyn nhw unwaith, pa mor barod fydden nhw i 'nghredu i nawr?

'Dy ddewis di yw e, Gethin. Dwi ddim am dy orfodi di, ond os wyt ti eisie rhannu gyda rhywun, dwi ar gael.'

Yr un gwahoddiad â'r un ar ddiwedd y gwersi ABCh. Falle 'i bod hi'n amser i fi ei dderbyn. Ond a fydde hi'n deall?

'Ma 'nghar i jyst rownd y gornel, os wyt ti eisie trafod pethe. Dwi ddim yn gwneud dim byd pwysicach y prynhawn 'ma.'

Ac wrth iddi ddweud hynny fe gyrhaeddon ni'r cornel. Roedd y Mini wedi'i barcio ar ben y stryd yn wynebu oddi wrthon ni ac ar y ffenest gefn roedd sticer hir ac arno mewn llythrenne lliwgar, bras, roedd y gair CALlyF.

Syllais ar y sticer am ychydig nes i fi sylweddoli ei arwyddocâd. Troais at Dilys. 'Odych chi'n aelod o Gymdeithas Amddiffyn Llys y Frân?'

'Odw, pam?'

Falle na fydde hi mor anodd siarad â Dilys wedi'r cyfan.

# 42

Do'n i erioed wedi bod y tu mewn i Mini o'r blaen. Roedd tipyn mwy o le ynddo nag o'n i wedi meddwl; wel, roedd yn rhaid bod

os oedd Dilys yn gallu ffitio ynddo. Dyna pam roedd digon o le i
fi ymestyn 'y nghoese ac eistedd 'nôl yn gyfforddus. Roedd gyda'r
car system sain dda iawn hefyd, a phan daniodd Dilys y peiriant
roedd y car wedi ei lenwi â sŵn rhywun yn canu, ond dim ond
am hanner eiliad glywais i e cyn iddi ei ddiffodd, felly allen i ddim
dweud ai Chiz oedd e neu beidio, ond fydden i ddim yn synnu os
mai te.

Yr eiliad y diffoddodd Dilys y system sain fe ddechreuodd hi
siarad, a bydden i wedi bod yn ddigon bodlon i adael iddi siarad
am ychydig er mwyn i fi gael trefn ar fy meddylie, ond yn fwy na
siarad roedd Dilys yn gofyn rhibidirês o gwestiyne:

'Beth ddwedodd yr heddlu wrthot ti?'

'Ffonion nhw dy rieni i ddweud wrthyn nhw eu bod nhw'n dy
holi di?'

'Nethon nhw dy gyhuddo di o unrhyw beth?'

'Odyn nhw am dy weld di 'to?'

'Ddwedon nhw a o'n nhw'n ame rhywun o'r llofruddiaeth?'

Roedd gofyn yr holl gwestiyne yn dangos ei bod hi wir am
wybod beth oedd wedi digwydd i fi yng ngorsaf yr heddlu, ond
doedd hi ddim yn rhoi llawer o gyfle i fi ddweud wrthi. Ar ôl
gofyn cwestiwn fe fydde hi'n edrych arna i, ac os na fydden i'n ei
hateb hi ar unwaith fe fydde hi'n gofyn y cwestiwn nesa.

Pan ddwedodd Sarjant Davies wrtha i 'mod i'n rhydd i adael yr
orsaf ro'n i wedi bwriadu mynd i chwilio am Caryl fel y gallen ni'n
dau drafod y cyfan oedd wedi digwydd ers i'r heddlu ein gwahanu
ni. Ond yna, pan o'n i'n dal yn dod dros y sioc o weld Margam
Powell yn edrych fel petai e newydd gael sesiwn galed o'r *third
degree*, roedd Dilys wedi ymddangos, a nawr gyda'i chwestiyne
diddiwedd do'n i ddim yn cael cyfle i feddwl yn iawn.

Absenoldeb Caryl oedd y rheswm pennaf pam o'n i wedi
derbyn gwahoddiad Dilys i 'drafod pethe' ond ro'n i'n gallu
gweld bod trafod pethe gyda hi yn mynd i fod yn wahanol iawn
i'w trafod nhw gyda Caryl. Ond wedyn, os oedd Dilys yn aelod
o Gymdeithas Amddiffyn Llys y Frân ac yn adnabod Wynford

Samways, efallai bod gyda hi rywfaint o wybodaeth a alle fod o help i fi. Ma trafodaeth yn golygu llif ddwyffordd o farn a gwybodaeth. Dilys ei hun oedd wedi dweud hynny wrthon ni yn un o'i gwersi ABCh. Dwi yn gwrando weithie.

Ar ôl y gawod o gwestiyne ac ambell i ateb unsill oddi wrtha i, fe aeth popeth yn dawel ac roedd hi'n amlwg bod Dilys yn disgwyl i fi ddweud rhywbeth nawr, ond am ryw reswm y cyfan allen i feddwl amdano oedd y sticer ar ffenest gefn y car felly dyma fi'n gofyn, 'Ers pryd y'ch chi'n aelod o Gymdeithas Amddiffyn Llys y Frân?'

Dwi ddim yn meddwl bod Dilys yn disgwyl y cwestiwn gan iddi feddwl am ychydig cyn ateb.

'Wel ... dwi ddim yn siŵr ... ers blwyddyn neu ddwy ... byth ers i'r cyngor roi'r caniatâd adeiladu. Pam wyt ti'n gofyn?'

'Odych chi'n meddwl bod 'na obaith i stopio'r adeiladu?'

Oedodd am eiliad neu ddwy 'to.

'Dwi ddim yn gwybod. Fe gollon ni'r apêl ond ma 'na un neu ddau o bethe technegol a chadwraethol ry'n ni'n ymchwilio iddyn nhw, ond dyw hi ddim yn edrych yn rhy addawol.'

'Pwy sy'n neud yr ymchwilio i'r pethe technegol a chadwraethol?'

'Dwi ddim yn gwybod; dwi ddim ar y pwyllgor. Aelod bach cyffredin sy'n poeni am orddatblygu'r ardal ydw i, dyna i gyd.' Ac edrychodd tuag ata i a gwenu.

'Beth fydd yn digwydd i Lys y Frân os na fydd y tai'n cael eu hadeiladu?'

'Bydd hi'n aros fel ma hi, yn ffarm, fwy na thebyg, ond pam y diddordeb yn Llys y Frân?'

'Am fod gyda'r lle rywbeth i'w wneud â llofruddiaeth Jackie.'

Trodd i edrych arna i unwaith 'to, ond doedd hi ddim yn gwenu y tro hwn. Yna trodd yn ôl i edrych ar y ffordd a gofyn, 'Y cynllun i ddatblygu Llys y Frân, ti'n feddwl?'

'Ie.'

Nodiodd a newid gêr. 'Ai dyna beth ma'r heddlu'n ei gredu?'

'Yr heddlu?' medde fi â mwy nag ychydig o wawd yn fy llais. 'Does gyda nhw ddim syniad pam ga'th Jackie 'i llofruddio.'

'Pwy ddwedodd wrthot ti bod 'na gysylltiad rhwng ei llofruddiaeth â Llys y Frân, 'te?'

'Neb, ond dwi'n gwybod bod 'na.'

Erbyn hynny ro'n ni wedi cyrraedd y troad i Lôn y Mynydd. Heb ddweud gair arall llywiodd Dilys y Mini o'r ffordd fawr, i fyny heibio'r tai, rhwng y pileri brics melyn ac i mewn drwy ddrysau agored y garej ddwbwl.

# 43

Ro'n ni yn y gegin unwaith 'to. Ac unwaith 'to roedd cefn Dilys tuag ata i wrth iddi baratoi rhywbeth i ni ei yfed. Ac unwaith 'to, fe edrychais i o gwmpas yr ystafell ar y blode ar y sil ffenest, y rhesi o jwge, platie a chwpane, y ffwrn goch a'r llun o'r ffermdy ar y wal uwch ei phen oedd wedi ei dynnu o awyren.

Pryd o'n i 'ma ddiwetha? Echdo? *Echdo?* Oedd popeth wedi digwydd mewn dau ddiwrnod? A dwi wedi dweud hynny o'r blaen hefyd, dwi'n gwybod.

'Dyma ti.'

Troais at Dilys a chymryd y gwydr o ddiod wen oddi wrthi. Daliai hi wydr arall yn ei llaw chwith; roedd hi'n dal yn well ganddi yfed y ddiod euraidd na'r ddiod roedd hi wedi ei rhoi i fi. Yfais ddau ddiferyn o 'niod ond o fewn dau lwnc roedd gwydr Dilys yn wag ac fe aeth hi 'nôl at y cownter i'w ail-lenwi.

'Beth sy'n neud i ti feddwl bod gyda llofruddiaeth Jackie rywbeth i'w wneud â Llys y Frân?' gofynnodd dros sŵn y ddiod yn pistyllio i'r gwydr.

'Am ei bod hi'n gweithio i Wynways Construction.'

'Ond o'n i'n meddwl mai gweithio i'r ditectif 'ma soniest ti amdano oedd hi,' medde hi wrth iddi ddod 'nôl ata i gyda'i gwydr llawn.

'Roedd hi'n gweithio i'r ddau: i Margam Powell a Wynways Construction, a nhw yw datblygwyr Llys y Frân.'

'Shwd wyt ti'n gwybod hynny?'

'Ma pawb yn gwybod mai Wynways ...'

'Nage, shwd wyt ti'n gwybod ei bod hi'n dal i weithio i Wynways Construction?'

'Am mai yn adeilad Wynways Construction ga'th hi ei llofruddio.'

Nodiodd Dilys ei phen. 'Odi'r heddlu'n gwybod ei bod hi'n gweithio i'r ddau ohonyn nhw?'

'Ma'n dibynnu os yw Wynford Samways wedi dweud wrthyn nhw.'

'Pam Wynford?'

'Am mai fe anfonodd hi i weithio i Margam Powell.'

'Pam fydde fe'n gwneud hynny?'

'Am 'i fod e eisie gwybod beth oedd Margam Powell wedi 'i ddarganfod am y cynllun i ddatblygu Llys y Frân ar ran y Gymdeithas Amddiffyn.'

'A Powell oedd yn ymchwilio i'r datblygiad.'

'Ie. A dwi'n credu bod y ffaith bod Samways wedi anfon Jackie i weithio iddo fe yn profi 'i fod e'n ofni y bydde Powell yn darganfod mwy nag un neu ddau o bethe technegol a chadwraethol am y datblygiad.'

'Ac wyt ti'n credu bod Wynford wedi dweud hyn i gyd wrth yr heddlu.'

'A chorff Jackie wedi cael ei ddarganfod ar un o'i safleoedd adeiladu?' gofynnais, er mwyn dangos pa mor dwp oedd ei chwestiwn hi.

'Ddwedest ti hyn wrth yr heddlu?'

Siglais 'y mhen. 'Naddo.'

Aeth pethe'n dawel am ychydig 'to. Yfodd y ddau ohonon ni

ragor o'n diod; Dilys yn fwy na fi.

'Chi'n nabod Wynford Samways, on'd y'ch chi?' gofynnais er mwyn iddi gael rhywbeth arall i'w wneud â'i gwefuse ar wahân i yfed. 'Odych chi'n meddwl bod rhywbeth amheus ynglŷn â'r cynllun?'

Cododd Dilys ei hysgwydde. 'Dwi ddim yn ei nabod e cystal â hynny.'

'Ond ddwedoch chi ei fod e'n ffrind i'ch gŵr. Ac roedd ei gar e, y Jaguar glas tywyll, 'ma pan o'n i'n dosbarthu taflenni'r cyngor.'

Crychodd Dilys ei thrwyn a rhyw hanner siglo'i phen a'i hysgwydde. Ro'n i'n cymryd bod hynny'n golygu nad oedd hi am gydnabod pa mor gyfeillgar oedd hi a Rosco a Samways. Ond pam? Oedd hi'n amddiffyn Rosco?

'Odi hi'n lletchwith i chi fod eich gŵr yn ffrind i berchennog y cwmni ry'ch chi'n ymgyrchu i'w stopio rhag adeiladu ar dir Llys y Frân?'

'Na, ddim fel'ny; cysylltiad busnes yw Wynford, dyna i gyd.'

'Ie, ond ...'

'Cyfreithiwr yw Rosco ac mae ei waith yn dod ag e i gysylltiad â phob math o bobl, ond dyw hynny ddim yn golygu ei fod e'n ffrindie gyda nhw. Falle mai dim ond gyda dy ffrindie rwyt ti'n treulio dy amser, Gethin, ond fe ddysgi di wrth iti dyfu dy fod ti'n gorfod cymysgu gyda mwy na dim ond dy ffrindie.' A phoerodd y gair olaf.

Nodiais. Roedd hi *yn* amddiffynnol iawn o Rosco. Tybed a oedd yna fwy na ...

'Pam wyt ti'n gofyn am Wynways Construction beth bynnag?' gofynnodd hi ar draws fy meddylie. 'Ofynnodd yr heddlu amdanyn nhw?'

'Naddo. Meddwl o'n i am Gymdeithas Amddiffyn Llys y Frân a'r ffaith mai Wynways Construction sy'n mynd i adeiladu ar y tir, a'ch cysylltiad chi â nhw.'

'Does gyda fi ddim cysylltiad â nhw.'

'Wel, na, ond ry'ch chi yn aelod o ...'

'Does gyda fi ddim cysylltiad â nhw!' medde hi yr ail waith, yn llawer mwy pendant, cyn taflu diferion olaf ei diod i mewn i'w cheg a throi unwaith 'to am y cownter. Ond yr eiliad nesa fe adawodd yr ystafell gan fwmian rhywbeth am botel arall.

Roedd Dilys *yn* amddiffynnol iawn o Rosco ac ro'n i'n amlwg wedi cyffwrdd â man sensitif iawn drwy sôn am ei berthynas â Wynford Samways. Ond os oedd yna gysylltiad rhyngddyn nhw, beth alle fe fod? A oedden nhw wedi bod yn bartneriaid busnes yn natblygiad Llys y Frân ond eu bod nhw wedi cweryla?

Am beth? Beth alle fod wedi mynd o'i le? A beth oedd gyda hynny i'w wneud â llofruddiaeth Jackie? Beth oedd Margam Powell wedi ei ddarganfod am Lys y Frân a oedd wedi arwain at ei llofruddiaeth?

Dyna sawl 'beth' arall oedd gyda fi i'w hychwanegu at y rhestr hir roedd Caryl a finne wedi ei llunio yn y llyfrgell y prynhawn hwnnw; a hyd yn hyn do'n i ddim tamaid agosach at gael ateb i'r un ohonyn nhw.

Cymerais ddracht arall o 'niod ac edrych o gwmpas y gegin. Ro'n i'n dechre blino ar yr ystafell; blino ar yr holl flode, yr holl blatie, y ffwrn goch a'r ...

Daliodd y llun o'r ffermdy ar y wal uwchben y ffwrn fy sylw a cherddais tuag ato. Doedd dim byd arbennig am y llun, na'r tŷ. Tŷ cerrig oedd e, un sgwâr tebyg i dŷ fydde plentyn yn tynnu llun ohono. Ar y ddwy ochr iddo roedd adeilade cerrig eraill; y beudy a'r stabal ac yn y blaen. Syllais ar y llun, fy llygaid yn symud rhwng y tŷ a'r tai allan cyn disgyn ar y ddau air a oedd wedi eu hargraffu ar y cerdyn a oedd o amgylch y llun.

Waun Ganol.

'Waun Ganol,' medde fi dan fy anadl. Clywais Dilys yn dod 'nôl i'r ystafell ac fe ddechreuais droi i ofyn cwestiwn iddi.

Synhwyro yn fwy na gweld y symudiad wnes i. Agorodd pwll o dywyllwch wrth 'y nhraed a oedd yn llawer llawer mwy dwfn na'r noson dywyllaf.

Neidiais i mewn iddo. Doedd dim gwaelod iddo.

# 44

Cyn i chi feddwl bod eich copi o'r llyfr hwn yn wallus, ac ar fin ei ddychwelyd i'r siop a chwyno am y tudalen gwag, gadewch i mi esbonio pam mae'r ddwy dudalen flaenorol yn wag. Maen nhw i fod yn wag. Roeddwn i wedi mynnu hynny.

Fi? O, mae'n ddrwg gen i, fi yw Caryl.

Rwy'n sylweddoli ein bod ni wedi gadael Gethin ar adeg dyngedfennol yn ei hanes ond mae'n siŵr y gwnewch chi faddau i mi os gadawn iddo orwedd yn anymwybodol ar lawr cegin Mrs Grant am ychydig tra byddaf i'n esbonio ambell i beth. Does dim rhaid i chi boeni'n ormodol am Gethin; mae ef ei hun wedi dweud bod diwedd Pennod 43 yn doriad naturiol, a bydd S4C yn siŵr o roi egwyl hysbysebion yn y fan honno pan fyddan nhw'n addasu'r llyfr yn ffilm.

Rwy'n gwybod bod hwnna'n osodiad mawreddog, ond mae'n siŵr eich bod yn adnabod Gethin yn ddigon da erbyn hyn i sylweddoli ei fod e'n byw yn ei fyd bach ei hun ac nad yw'n gweld pethau'n hollol fel pobl eraill. A dyna, mewn ffordd, pam mae'r ddwy dudalen flaenorol yn wag.

Rai misoedd yn ôl pan soniodd Gethin gyntaf wrthyf ei fod yn bwriadu ysgrifennu hanes y Jaguar glas tywyll, fe ddywedodd ei fod yn mynd i'w ysgrifennu 'fel roedd Raymond Chandler yn ysgrifennu am Philip Marlowe'.

'Yn y person cyntaf unigol?' gofynnais.

'Ie,' atebodd, yn amlwg yn falch iawn o'i benderfyniad.

'Ond mae hynny'n golygu y byddi di'n bresennol ym mhob golygfa,' dywedais, er mwyn tynnu ei sylw at anymarferoldeb ei fwriad.

'Cywir,' meddai gan wenu.

'Ond,' protestiais. 'dyw hynny ddim yn hollol wir, ydy e?'

'Rhyddid yr awdur,' atebodd Gethin, yn llawn o'i rôl newydd.

'Ond beth am yr adegau pan nad oeddet ti'n bresennol? Er

enghraifft yr amser pan ..?

'Phwff!' meddai gan fy atal rhag ei atgoffa. 'Fe alla i ysgrifennu o'u cwmpas nhw, a beth bynnag, fydd y darllenwyr ddim callach; fe ddweda i wrthyn nhw pa mor anodd yw hi i awdur drefnu amser mewnol llyfr a phenderfynu beth i'w gadw mewn a beth i'w adael mas.'

'Fel y ffaith dy fod ti yn y tŷ bach pan o'n i yng nghaffi'r llyfrgell yn mynd drwy'r papure roedd Stan wedi eu rhoi i ni rhag ofn y byddai'r plismon yn dy adnabod di.'

'Oes raid i ti sôn am hynny 'to? Roedd yn rhaid i fi fynd i'r tŷ bach, reit. Do'n i ddim wedi cael cyfle i fynd ers y noson cynt. Sarjant Davies oedd wedi 'nihuno i y bore hwnnw, ac ar ôl iddo fe adael ro'n i wedi mynd i chwilio amdanat ti. Felly dwi'n credu bod gyda fi berffaith hawl i fynd i'r tŷ bach. A beth bynnag, dyw awduron byth yn sôn yn eu llyfre am bobl yn mynd i'r tŷ bach, odyn nhw?'

Roedd yn rhaid i mi gytuno gydag e am hynny; yn anaml iawn y mae awduron yn sôn am bethau naturiol fel hynny, ac os ydyn nhw yn eu gwneud nhw'n hanfodol i'r stori, yna maen nhw'n gwneud môr a mynydd o'r peth – os gwnewch chi faddau'r ymadrodd. Ond rhag ofn bod ymgais Gethin i 'ysgrifennu o gwmpas' y digwyddiad yn camgynrychioli'r hyn a ddigwyddodd mewn gwirionedd, mi'r ydw i, heb yn wybod iddo, wedi cael caniatâd y cyhoeddwr i gynnwys fy fersiwn i o'r digwyddiad hwnnw yng nghefn y llyfr er mwyn i chi gael barnu drosoch eich hun pa un sy fwyaf tebygol o fod yn wir.

'Ond beth am y cyfan ddigwyddodd pan oeddet ti'n gorwedd yn anymwybodol ar lawr cegin Dilys Grant?' gofynnais. 'Alli di ddim ysgrifennu o gwmpas hynny.'

'Na, dwi'n gwybod, ma hwnnw'n fwy o broblem, ond dwi'n siŵr y do' i i ben rywsut.'

'Sut?'

'Rywsut,' meddai, gan edrych arnaf yn ddisgwylgar.

Ochneidiais ac anadlu'n ddwfn dair gwaith cyn derbyn fy

nhynged. 'Rwyt ti am i fi ysgrifennu'r darn hwnnw, on'd wyt ti?'

'Wnei di?'

'Ar un amod.'

'Unrhyw beth.'

A dyna pam mae tudalennau 122 a 123 yn wag. Dyna oedd yr amod, ac fe fynnais eu cynnwys er mwyn dangos i Gethin oni bai am fy mharodrwydd i i'w dynnu ef allan o bob twll y mae ef wedi 'i gael ei hun ynddo yn ystod yr hanes hwn, fe fyddai mwy na hanner y llyfr yn dudalennau gwag.

Ond cyn i mi ailgydio yn yr hanes lle gadawodd Gethin ef ar ddiwedd Pennod 43, gadewch i ni fynd 'nôl ychydig ymhellach na hynny i'r eiliad y gyrrodd y car heddlu i ffwrdd a Gethin yn y cefn a minnau'n cerdded i'r cyfeiriad arall.

O, ie, un peth arall cyn i mi anghofio. Nid wyf yn edmygydd mawr o Raymond Chandler, ond ers i mi ddod i adnabod Gethin rwyf wedi cymryd mwy o ddiddordeb yn anturiaethau Philip Marlowe, ac mae'n rhaid i mi ddweud bod disgrifiad Gethin o'r hyn ddigwyddodd iddo ef ar ddiwedd Pennod 43 yn debyg iawn i ddisgrifiad Raymond Chandler o'r hyn ddigwyddodd i Philip Marlowe ar ddiwedd Pennod 24 o *Farewell, My Lovely*. Efallai fy mod yn gwneud cam â Gethin, ond os bydd ef yn dweud, pan ddaw ato'i hun, fod yr ystafell yn llawn mwg, fe allwch gymryd hynny fel prawf pendant mai o *Farewell, My Lovely* y daeth y disgrifiad.

Ond am y tro, yng ngeiriau dihafal Gethin ei hun, 'Ti'n barod? Reit, bant â ni 'te.'

# 45

Roeddwn yn benderfynol o beidio â throi i edrych ar y car heddlu'n gyrru i ffwrdd. Doeddwn i ddim am roi'r argraff fy mod yn poeni am Gethin rhag ofn y byddai un o'r heddweision yn sylwi ar hynny ac yn dechrau dyfalu pam yr oeddwn i'n poeni amdano. Ac yn bendant doeddwn i ddim am roi cyfle iddyn nhw fy holi am ddigwyddiadau'r noson cynt. Felly cedwais fy mhen a'm traed wedi eu cyfeirio yn syth o'm blaen a cherdded i fyny'r stryd yn edrych mor ddi-hid ag y gallwn.

Ond yn allanol yn unig oedd hynny; yn fewnol roeddwn yn llawn cynnwrf. Curai fy nghalon bymtheg i'r dwsin a chwyrlïai fy meddyliau yn gymysgedd o ffeithiau, damcaniaethau ac ofnau. Gwyddwn fod yn rhaid i mi wneud rhywbeth i helpu Gethin, ond beth? Roedd y ffŵl wedi dweud cymaint o gelwyddau wrth yr heddlu roedd hi'n anodd gwybod beth allwn i ei ddweud wrthyn nhw a fyddai'n gwella'r sefyllfa.

Ffeithiau, nid geiriau, oedd ei unig obaith, ond ymhle'r oeddwn i'n mynd i ddod o hyd i'r ffeithiau a fyddai'n profi nad oedd gan Gethin ddim i'w wneud â llofruddiaeth Jackie? Sut allwn i lwyddo lle'r oedd Gethin ei hun wedi methu?

Am ryw reswm, wrth feddwl am fethiant Gethin fe gododd fy nghalon. Os oedd ef wedi methu, a minnau'n gwybod pob trywydd roedd ef wedi ei ddilyn yn y methiant hwnnw, yna'r cyfan roedd yn rhaid i mi ei wneud oedd dilyn y llwybrau nad oedd Gethin wedi eu dilyn yn y gobaith y byddai'r rheini'n fy arwain at well canlyniad.

Roeddwn wedi bod yn cerdded i ffwrdd o'r llyfrgell, ond yr eiliad honno fe droais a dechrau gwneud fy ffordd yn ôl tuag ati. Roedd Stan Meredith wedi dod o hyd i nifer o ffeithiau am Wynways Construction a Llys y Frân yn y *Dyfed Leader*; efallai fod yna un ffaith ganolog ar ôl yn y papur a fyddai'n cysylltu'r gweddill ac yn gwneud synnwyr perffaith ohonynt. Doedd gen i ddim byd i'w golli. Yn wir, doedd gen i ddim byd arall i'w drio.

# 46

'Ma'n dal yn bedwar deg naw,' meddai Stan Meredith gan droi o'r sgrin i edrych arna i. 'Wyt ti am i fi fynd yn bellach 'nôl?'

Siglais fy mhen. 'Na.'

Doedd dim pwynt gwneud hynny; rhywbeth diweddar roeddwn i'n chwilio amdano: y rheswm pam roedd Wynford Samways wedi anfon Jackie i weithio i Margam Powell.

Roedd y pedwar deg naw canlyniad yn cyfateb yn union i'r pedwar deg naw roedd Stan wedi eu hargraffu i Gethin a minnau'n gynharach y prynhawn hwnnw. Gwybodaeth am Lys y Frân roedden ni wedi gofyn amdani, ond drwy chwilio'r *Dyfed Leader* ar fas data'r llyfrgell am enw'r fferm, roedd Stan hefyd wedi cael gwybodaeth am Wynways Construction a Chymdeithas Amddiffyn Llys y Frân, ac arnyn nhw roedd Gethin a finnau wedi canolbwyntio a cheisio gweld cysylltiad rhyngddynt a llofruddiaeth Jackie. Ond tybed a oedd yna rywbeth arall y dylsen ni fod wedi ei ddilyn?

Edrychais unwaith eto ar y crynodeb roeddwn i wedi ei ysgrifennu yn gynharach o'r pedwar deg naw canlyniad hynny a mynd drwyddo â chrib fân.

Penderfyniad y Cynulliad ... llythyru Cymdeithas Amddiffyn Llys y Frân ... ymchwiliadau pellach i ddilysrwydd cais cynllunio Wynways Construction ... tai fforddiadwy... amheuaeth ynglŷn â mynediad i dir Llys y Frân... draenio'r dŵr... achosi llifogydd yn yr ystad ddiwydiannol ... y safle wedi ei amgylchynu ar bedair ochr gan yr afon, y rheilffordd, y ffordd fawr a thir fferm arall o'r enw Waun Ganol ... heb ddatrys y broblem ni fyddai datblygiad Llys y Frân yn cael ei wireddu.

A dyna grynodeb o'r crynodeb. Doedd dim byd newydd yno. Roedd Gethin a minnau wedi trafod Wynways Construction, Llys y Frân a Chymdeithas Amddiffyn Llys y Frân hyd syrffed heb gyrraedd unman. Beth arall oedd ar ôl?

A'r eiliad honno disgynnodd fy llygaid ar yr enw Waun Ganol. Os oedd yn rhaid i Wynways Construction gael ffordd arall i'r safle o'r ffordd fawr, allen nhw ddim mynd drwy'r afon na'r rheilffordd ac felly tir Waun Ganol oedd yr unig ateb.

'Stan?'

'Hyhy?'

'Allwch chi wneud ymchwiliad am y fferm yma?' ac estynnais fy nodiadau iddo, 'Waun Ganol?'

'Siŵr. Pa mor bell 'nôl wyt ti eisie mynd?'

'Dim ond mor bell ag yr aethoch chi i chwilio am Lys y Frân.'

'Iawn. Dim problemo.'

Ac unwaith eto fe aeth Stan Meredith drwy ei ddefod o fwmial yr allweddair roedd e'n chwilio amdano drosodd a throsodd wrth ei fwydo i mewn i'r peiriant chwilio ac yna curo'i ddwylo yn rhythmig ar ymyl y ddesg tra oedd yn disgwyl am y canlyniad. Ond ni fu'n rhaid iddo aros yn hir y tro hwn; o fewn tri thrawiad roedd canlyniad y chwiliad i'w weld ar y sgrin: pedwar.

'Dim ond pedwar,' dywedais yn siomedig.

'Hyhy, a ti 'di cael dau o'r rheini'n barod,' meddai Stan, gan bwyso'n agosach at y sgrin. 'Adroddiad gohebydd arbennig y *Dyfed Leader* am drafferthion mynediad i Lys y Frân a llythyr yn ymateb i'r adroddiad.'

'Beth yw'r ddau arall?'

'Em ... nodyn am farwolaeth William Morris, perchennog Waun Ganol, a theyrnged i William Morris, Waun Ganol.'

# 47

MORRIS, William Trefor. Ar ôl gwaeledd hir ar 25 Mai yn
Ysbyty Singleton, Abertawe, bu farw William Trefor Morris,
Waun Ganol, Llanllegyn, yn 78 mlwydd oed. William oedd yr
olaf o deulu'r Waun, teulu a fu unwaith yn amlwg a gweithgar
yn y gymdogaeth. Bydd y golled i'w gyfeillion a'r ardal
gyfan yn fawr. Cynhelir yr angladd yng nghapel Tabernacl,
Llanllegyn, am 2.00pm ddydd Mercher, 29 Mai. Ymholiadau
pellach i'r ymgymerwyr, D.J. Rowlands a'i Feibion, neu i
Gwmni Witt-Davies a Grant, Cyfreithwyr.

Ac yn rhifyn 4 Mehefin o'r *Dyfed Leader* cafwyd y deyrnged
ganlynol:

Gyda thristwch mawr cyhoeddir marwolaeth William Trefor
Morris, Waun Ganol, Llanllegyn, ar ôl gwaeledd hir. Roedd
William, neu Wil y Waun, fel y'i hadwaenir gan ei gymdogion
a'i gyfeillion, yn ffermwr poblogaidd a pharchus iawn yn yr
ardal. Ganed William ar fferm Waun Ganol, y trydydd o blant
y diweddar David a Jane Morris. Bu farw Muriel, ei chwaer,
yn ei hugeiniau cynnar pan oedd hi mewn gwasanaeth yn
Llundain, a'i frawd Edward tra oedd yn gwasanaethu gyda'r
awyrlu yn yr Ail Ryfel Byd. Ond gartref yr arhosodd William
ac ym 1956 priododd Elisabeth a rhannodd y ddau hanner
canrif o fywyd priodasol. Yr unig gwmwl ar eu huniad, a
hwnnw'n gwmwl tywyll dros ben, oedd marwolaeth Dafydd,
eu hunig blentyn, mewn damwain car ym 1979, adeg helfa
drysor y Clwb Ffermwyr Ifanc lleol. Ond ni surodd y drychineb
hon barodrwydd William i wasanaethu ei gymdeithas. Roedd
yn flaenor a thrysorydd yng Nghapel Tabernacl, Llanllegyn
am yn agos i ddeugain mlynedd, yn llywodraethwr ar yr ysgol
gynradd o 1983 tan ei chau yn 2004, ac yn gynrychiolydd
yr ardal ar fwrdd rhanbarthol Undeb Amaethwyr Cymru am
bymtheg mlynedd. Ond o'r holl ddyletswyddau cyhoeddus
hyn, prif ddiddordeb William oedd Sioe Amaethyddol

Llanllegyn, ac yn ystod ei fywyd fe'i gwasanaethodd droeon
fel ysgrifennydd, trysorydd a chadeirydd. Yn dilyn marwolaeth
ei annwyl Lisi yn 2006 parhaodd William i ffermio Waun
Ganol tan ddiwedd y llynedd pan gafodd ei daro'n wael gan
anhwylder ar ei ysgyfaint. Dridiau cyn y Nadolig fe'i cludwyd
i'r ysbyty ac ni ddychwelodd i Waun Ganol. Yng ngeiriau'r
gerdd a glodd deyrnged Rosco Grant, cyfaill da a fu hefyd yn
cydweithio am flynyddoedd gyda William ar bwyllgor Sioe
Amaethyddol Llanllegyn ac a fu'n gofalu am Waun Ganol yn
ystod ei waeledd,

Colled fawr yw colli William,
Colled i'r gymdogaeth gyfan,
A thrist yw dweud na ddaw yn ôl
I droedio eto dir Waun Ganol.

Dilynwyd y rhigwm ofnadwy hwn gan restr enwau'r prif alarwyr.
Ond er mor niferus oeddynt, ni chyfeiriwyd at yr un ohonynt
fel cefnder na chyfnither i'r ymadawedig. Roedd hi'n amlwg felly
fod William Trefor Morris nid yn unig yr 'olaf o deulu'r Waun'
fel roedd cyhoeddiad ei farwolaeth wedi ei nodi, ond hefyd yr
olaf o linach y Morrisiaid. Dim perthynas, dim etifedd. Pwy felly
fyddai'n etifeddu fferm Waun Ganol?

Y cyntaf i gael eu henwi ar restr y galarwyr oedd Rosco a Dilys
Grant, ac fel *cyfaill da a fu hefyd yn cydweithio am flynyddoedd gyda
William ar bwyllgor Sioe Amaethyddol Llanllegyn* – a chyfreithiwr
iddo hefyd, fyddwn i'n meddwl – roeddwn yn siŵr bod Rosco
hefyd wedi gwneud ei orau glas i sicrhau ei le ar frig rhestr arall:
Rhestr Perchennog Nesaf Waun Ganol.

Roedd Gethin wedi gweld Jaguar glas tywyll Wynford Samways
y tu allan i dŷ Rosco Grant, ond hyd yn hyn nid oeddem wedi
dod o hyd i gysylltiad pendant rhwng y ddau. Bellach doedd dim
amheuaeth beth oedd y cysylltiad hwnnw: fferm Waun Ganol.

# 48

Diolchais i Stan Meredith am ei gymorth a gadael y llyfrgell.
Pe bawn i'n gallu cyfarfod Gethin pan gâi ei ryddhau gan yr
heddlu (os câi ei ryddhau gan yr heddlu) yna fe allai'r ddau
ohonom ddechrau mynd ati i brofi'r cysylltiad y gwyddwn yn awr
a fodolai rhwng Rosco Grant a Wynford Samways a llofruddiaeth
Jackie.

Rhuthrais cyn gynted ag y gallwn ar hyd y strydoedd yn ôl i
gyfeiriad canol y dref a gorsaf yr heddlu. Ond gan fod rhannau o'r
dref yn dal yn ddieithr i mi roeddwn yn ansicr o'r strydoedd cefn
ac mae'n siŵr fy mod wedi cymryd mwy o amser nag y byddai
Gethin wedi ei wneud. Ond o'r diwedd cyrhaeddais y stryd lle'r
oedd yr orsaf ac wrth imi droi'r cornel i mewn iddi gwelais Gethin
yn dod allan o'r adeilad.

Amseru perffaith, meddyliais, ac roeddwn ar fin galw arno
pan welais wraig dal, lydan, yn ei phedwardegau hwyr yn croesi'r
stryd tuag ato. Doeddwn i erioed wedi gweld Dilys Grant, ond o
ddisgrifiad creulon, ond cywir, Gethin ohoni fel 'aelod o dîm codi
pwysau'r Undeb Sofietaidd', roeddwn yn weddol siŵr mai hi oedd
y wraig.

Arhosais lle'r oeddwn i'w gwylio. Cyfarchodd y wraig Gethin
a safodd y ddau ger drysau gorsaf yr heddlu yn siarad am rai
munudau ac yna cerdded i fyny'r stryd. Gadewais iddynt fynd
ychydig bellter cyn croesi'r stryd a'u dilyn o hirbell. Cyrhaeddais
gornel y stryd mewn pryd i weld Mini arian yn gyrru i ffwrdd.
Doedd dim golwg o Gethin na Dilys Grant yn unman, felly mae'n
rhaid mai nhw oedd yn y car. Edrychais o 'nghwmpas yn wyllt.
Doedd gen i mo'r syniad lleiaf i ble'r oedden nhw'n mynd nac
ychwaith beth ddylwn ei wneud nesaf.

Roeddwn yn dal i chwilio am ysbrydoliaeth pan welais un o
fysiau gwasanaeth y dref y mae Gethin mor hoff o'u defnyddio
yn arwyddo ei fod yn troi i mewn i'r stryd roedd y Mini newydd
yrru ar ei hyd. Sylwais mai 303 oedd rhif y gwasanaeth a chofiais

i Gethin ddweud mai ar y bws hwnnw yr oedd ef wedi bod yn
teithio pan welodd y Jaguar glas tywyll yn mynd i fyny Lôn y
Mynydd.

Gwyddwn hefyd o adroddiad Gethin o'r digwyddiad hwnnw
mai yn Lôn y Mynydd yr oedd Dilys Grant yn byw, a gan nad
oedd gennyf unrhyw drywydd arall i'w ddilyn rhedais am yr
arhosfan a oedd rhyw ugain metr i fyny'r stryd a chwifio fy
mreichiau i wneud yn siŵr y byddai'r gyrrwr yn fy ngweld. O
fewn saith munud o ddringo i'r bws roeddwn yn disgyn wrth yr
arhosfan agosaf at Lôn y Mynydd.

Roedd y ffordd heibio i'r tai yn serth, a rhwng yr holl gyffro
o ddarganfod y wybodaeth am Waun Ganol, rhedeg o'r llyfrgell i
orsaf yr heddlu a gwres offwysol yr haul, roeddwn bron ag ymlâdd
yn llwyr.

Wyddwn i ddim ym mha un o'r tai roedd Rosco a Dilys Grant
yn byw, felly chwilio am y Mini oedd fy unig obaith i ddod o hyd
iddynt. Ond beth os nad oedd y Mini yno? Beth os oedden nhw
wedi mynd i rywle arall? Gwthiais y syniad o'r neilltu; roedd yn
rhaid i mi gadw'n gadarnhaol.

Cyrhaeddais ddiwedd y ffordd heb weld y car yn unman ac
roeddwn yn ofni'n fawr fy mod wedi gwneud camgymeriad drwy
gymryd yn ganiataol eu bod nhw wedi dod yma. Roeddwn ar fin
troi yn fy ôl a llusgo fy nhraed blinedig i lawr y lôn pan sylwais fod
yna gar yng nghysgodion garej y tŷ olaf ar yr ochr chwith.

Cerddais yn araf rhwng y pileri o friciau melyn, fy llygaid wedi
eu hoelio ar gefn y car yn y garej, ac wrth imi agosáu ato gwelwn
mai'r Mini ydoedd. Roeddwn wedi fy nghynhyrfu cymaint gan fy
narganfyddiad fel y dechreuais gerdded at ddrws y tŷ gyda'r bwriad
o ganu'r gloch, ond yna calliais a phenderfynu efallai y byddai'n
well pe bawn i'n cael cip i weld beth oedd yn digwydd tu mewn i'r
tŷ yn gyntaf.

Nid oedd llenni les ar un o'r ffenestri felly fe allwn weld bod y
ddwy ystafell ym mhen blaen y tŷ yn wag. Gwnes fy ffordd tua'r
cefn gan gerdded ar y lawnt er mwyn cadw cyn lleied o sŵn â

phosib. Sylwais fod y lawnt newydd gael ei thorri ond nid i safon uchel iawn; roedd yr ymyl yn flêr ac yn gam mewn mannau.

Cerddais heibio i ddrws yr ochr a'i wydr barugog ac aros wrth gornel cefn y tŷ. Gallwn glywed sŵn siarad yn dod o rywle. Sbïais yn ofalus heibio'r cornel a gweld bod un o ffenestri'r cefn ar agor. Cripiais yn agosach ati nes gallwn glywed y lleisiau'n glir a deall yr hyn a oedd yn cael ei ddweud.

'Odi hi'n lletchwith i chi fod eich gŵr yn ffrind i berchennog y cwmni ry'ch chi'n ymgyrchu i'w stopio rhag adeiladu ar dir Llys y Frân?' Adnabûm lais Gethin yn syth.

'Na, ddim fel'ny; cysylltiad busnes yw Wynford, dyna i gyd.' Ac mae'n rhaid mai llais Dilys Grant oedd hwnnw.

'Ie, ond ...'

'Cyfreithiwr yw Rosco ac mae ei waith yn dod ag e i gysylltiad â phob math o bobl, ond dyw hynny ddim yn golygu ei fod e'n ffrindie gyda nhw. Falle mai dim ond gyda dy ffrindie rwyt ti'n treulio dy amser, Gethin, ond fe ddysgi di wrth iti dyfu dy fod ti'n gorfod cymysgu gyda mwy na dim ond dy ffrindie.'

Cripiais yn agosach at y ffenest.

'Pam wyt ti'n gofyn am Wynways Construction beth bynnag? Ofynnodd yr heddlu amdanyn nhw?' clywais Dilys Grant yn gofyn.

'Naddo. Meddwl o'n i am Gymdeithas Amddiffyn Llys y Frân a'r ffaith mai Wynways Construction sy'n mynd i adeiladu ar y tir, a'ch cysylltiad chi â nhw,' atebodd Gethin.

Roeddwn wedi cyrraedd y ffenest.

'Does gyda fi ddim cysylltiad â nhw.'

Ond fentrwn i ddim edrych drwyddi.

'Wel, na, ond ry'ch chi yn aelod o ...'

'Does gyda fi ddim cysylltiad â nhw!' bytheiriodd Dilys Grant ac aeth popeth yn dawel.

Cyrcydais o dan y ffenest yn clustfeinio ond ni ddywedodd Gethin na Dilys air ymhellach, ac wrth i'r distawrwydd dyfu allwn i ddim atal fy hun rhag codi i weld beth oedd yn digwydd y tu mewn i'r tŷ.

Anadlais yn ddwfn a sefyll.

Roeddwn yn syllu drwy ffenest y gegin. Dim ond Gethin allwn i ei weld ond nid oedd hynny'n golygu mai dim ond ef oedd yno. Pe bai ef yn edrych i'm cyfeiriad fe allwn dynnu ei sylw, ond roedd ei sylw ef i gyd ar ryw lun ar y wal uwchben yr Aga.

'Gethin,' galwais, ond gwyddwn nad oedd fy llais yn ddigon uchel iddo glywed ac roeddwn ar fin galw eto, yn uwch, pan welais Dilys Grant yn cerdded i mewn i'r ystafell yn cario rhywbeth yn ei llaw.

Cerddodd hi'n syth at Gethin.

Hanner trodd Gethin tuag ati.

Cododd Dilys ei braich.

Cyn i mi na Gethin sylweddoli beth oedd yn digwydd, disgynnodd y fraich gan daro Gethin ar draws ei ben â beth bynnag oedd ganddi yn ei llaw.

Syrthiodd Gethin yn swp diymadferth i'r llawr.

# 49

'Gethin!' gwaeddais, gan redeg mor gyflym ag y gallwn am ddrws ochr y tŷ. Gwthiais ef ar agor a rhuthro drwy'r cyntedd i mewn i'r gegin lle'r oedd Dilys Grant yn pwyso dros ei gorff diymadferth.

'Peidiwch!' gwaeddais. 'Gadwch e fod!'

Trodd hi'n araf tuag ataf a gwelais y canhwyllbren pres a ddaliai'n llipa yn ei llaw.

'Pwy wyt ti?' gofynnodd, ei llais yn debycach i grawc na llais.

Edrychais ar ei hwyneb a gweld yr olwg orffwyll yn ei llygaid. Ceisiais symud fy ngwefusau i ddweud wrthi fod rhaid ffonio am ambiwlans ond roedd fy ngheg yn sych a'm tafod wedi glynu wrth fy nhaflod. Ond roeddwn yn amau a fyddai hi wedi gwrando arnaf hyd yn oed pe bawn i wedi llwyddo i siarad.

'Pwy wyt *ti* i ddweud wrtha i beth i'w wneud? Dwyt ti'n ddim mwy na phlentyn ac rwyt ti'n dweud wrtha *i* beth i'w wneud. Yn fy nhŷ fy hunan!' Poerai bob gair o'i genau a diferai glafoer dros ei gwefus a'i gên.

'Dwi'n nabod dy debyg di, o odw; yn cwyno am bopeth a rhedeg at Mami a Dadi os nad yw pawb yn gwrando arnat ti. Cwyno wrth y prifathro a hwnnw mor ddiasgwrn cefn nes ei fod e'n plygu i lyfu'ch traed ac i wneud beth bynnag chi eisie. O odw, dwi'n dy nabod di; dwi wedi nabod cannoedd ohonot ti, miloedd ohonot ti, dros y blynyddoedd a phob un ohonoch chi'n dwpach ac yn fwy hunanol na'r diwethaf, yn disgwyl i'r athrawon wneud popeth drosoch chi: mwytho'ch methiannau, bwydo'ch *egos*, canmol eich dyheadau a sychu'ch penolau. Chwarter canrif o ymdrybaeddu ym mudreddi eich breuddwydion, ac rwyt ti'n dweud wrtha *i* beth i'w wneud?'

Llifai'r geiriau fel gwenwyn a oedd wedi cronni dros flynyddoedd o ddolur ac annhegwch tybiedig a gwyddwn nad oedd dim byd y gallwn i ei ddweud, na'i wneud, i'w thawelu. Roedd yn gas gennyf adael Gethin ar y llawr, ond gwyddwn mai'r ffordd orau y gallwn ei gynorthwyo oedd drwy gael Dilys Grant i'm dilyn allan o'r gegin. Heb dynnu fy llygaid oddi arni cymerais gam yn ôl.

'Ac i ble rwyt ti'n meddwl ti'n mynd?' meddai, gan symud tuag ataf. 'Dwi ddim wedi gorffen 'to! Maners mwnci sy'n methu canolbwyntio am fwy nag eiliad ar y tro.' Yna newidiodd ei llais i ddynwarediad o blentyn ysgol. '"Beth yw hwn, Miss?" "O, mae hwn yn rhy anodd, Miss." "Rhowch gliw i ni, Miss." "Miss! Miss! Miss!!" a phawb yn gwenu mor hyfryd, mor ddiniwed, ond tu ôl fy nghefn yn fy ngalw yn Dilys Disgyrchiant, Gravity Grant, DiDi, Gee Gee a chant a mil o enwau ceffylaidd eraill. A finne'n gorfod ymddwyn yn broffesiynol drwy'r cyfan ac esgus bod dim o'i le. Does dim o'i le. Ac i beth? I beth? I beth mae gwaed fy mab yn llifo'n oer?'

Roedd hi'n canu nawr, un o ganeuon Huw Chiswell, ei llais

croch yn llenwi'r ystafell a'i sŵn aflafar.

*'I beth mae 'i gorff yn gelain o dan y lloer?'*

Syllai ei llygaid gwyllt yn ddi-weld i'r pellter.

*' I beth mae mam yn fam i blentyn y gad sy'n gorff ar dir ei dad?'*

A gallwn dyngu bod dagrau'n llifo i lawr ei gruddiau.

Ond nid oedd gennyf amser i boeni amdani hi. Cymerais gam arall yn ôl a baglu dros ymbarél golff mawr Celtic Manor a bwysai yn erbyn drws y gegin. Deffrodd hynny Dilys o'i pherlewyg a rhuthrodd amdanaf. Fe droais ar fy sawdl a dianc o drwch blewyn drwy ddrws yr ochr.

Clywn Dilys yn carlamu ar fy ôl, pob cam o'i chorff mawr, trwm yn peri i'r ddaear grynu wrth i'w thraed ddisgyn, a'i hanadlu swnllyd fel gweryru ceffyl. Allwn i ddim mentro troi i weld a oedd hi'n agosáu, dim ond rhedeg nerth fy nhraed am y ddau biler melyn a'r ffordd.

Doedd gen i ddim syniad beth roeddwn yn mynd i'w wneud ar ôl eu cyrraedd; allwn i ddim meddwl, roedd pob calori o egni yn cael ei sianeli i'm coesau a'm breichiau a oedd yn fy nwyn yn agosach atynt.

Roeddwn o fewn tri metr i'r ffordd pan glywais sŵn car yn gwibio'n ddidrafferth i fyny Lôn y Mynydd; dau fetr pan welais ei do glas tywyll dros glawdd y tŷ drws nesaf; un metr pan sylweddolais ei fod yn mynd i droi i mewn drwy'r pileri melyn. Ymdrechais dros yr hanner metr olaf a'm taflu fy hun i'r chwith a glanio ar y rhimyn o ddaear a wahanai'r ffordd rhag wal yr ardd. A dim ond mewn pryd cyn i'r car sgrialu i mewn drwy'r glwyd.

Ond nid oedd Dilys Grant mor ffodus. Tarodd y car yn ei herbyn a'i thaflu ddeuddeng metr i fyny i'r awyr. Trodd mewn cylch a hanner uwch ei ben cyn disgyn ar wastad ei chefn ar do'r Jaguar glas tywyll, gan brofi mewn ffordd weledol, ond poenus dros ben, fod hyd yn oed Dilys yn gaeth i ddeddf disgyrchiant.

# 50

Roedd yr ystafell yn llawn mwg.

Roedd yn hongian yn syth yn yr awyr, yn llinelle tene, yn syth lan a lawr fel llen o fwclis bach clir.

Troais ar fy ochr a chwifio 'mraich i glirio'r mwg. Ond roedd e'n dal yno a sylweddolais mai yn 'y mhen oedd y mwg, ddim yn yr ystafell. Eisteddais i fyny ac edrych o 'nghwmpas a dechreuodd y mwg glirio.

Dim ond fi oedd yn yr ystafell. Ond pa ystafell oedd hi?

Estynnais am rywbeth i fy helpu i godi a chydiais mewn rheilen fetel. Roedd hi'n sownd wrth ffwrn goch a chofiais ble'r o'n i: yng nghegin Dilys.

Ond ble oedd Dilys?

Tynnais fy hun i fyny a phwyso'n sigledig ar y ffwrn. Roedd 'mhen yn pwnian fel piston a chofiais rywbeth arall: y llun.

Ro'n i'n edrych ar y llun pan ... Codais 'y mhen i edrych ar y llun. Roedd e ar y wal, yn union yr un lle ag yr oedd e wedi bod gynne. Pwysais dros y ffwrn a syllu arno. 'W a u n g a n o l' darllenais fel plentyn yn y dosbarth meithrin.

'Gethin!' clywais rhywun yn galw y tu ôl i mi. Dechreuais droi a chofiais rywbeth arall 'to: y tro diwetha i fi wneud hynny roedd rhywun wedi 'mwrw ar 'y mhen.

'Gethin, wyt ti'n iawn?'

Ond ddim y tro hwn.

Yn lle hynny dyma Caryl yn cydio ynof i, yn rhoi ei braich amdana i ac yn fy arwain mas o'r gegin, drwy'r cyntedd, ac at ddrws yr ochr. Baglais dros y rhiniog a disgyn ar wastad fy wyneb ar y llwybr concrit.

# 51

'A William Morris oedd y cysylltiad hwnnw.'

Roedd Caryl wedi bod yn siarad yn ddi-stop ers iddi gyrraedd ein tŷ ni - am Waun Ganol a rhyw William Morris, am Dilys a Rosco a'r William Morris 'ma 'to a rhyw angladd, am Wynways Construction a Dilys a Rosco 'to a Wynford Samways a gorffen drwy ddweud mai Waun Ganol oedd y cysylltiad rhyngddyn nhw i gyd.

Wel, fe allen i fod wedi dweud wrthi fod gyda Waun Ganol rhwbeth i'w wneud ag e; on'd o'n i wedi sylwi ar y llun o'r fferm ar wal cegin Dilys? Ond pwy oedd William Morris a beth oedd gydag e i'w wneud ag e, doedd gyda fi ddim syniad.

Roedd hi nawr yn rhywbeth wedi naw o'r gloch y nos ac ro'n i wedi bod adre o'r ysbyty ers rhyw ddwy awr a hanner, ond do'n i ddim wedi cael llawer o lonydd i ddod dros y cyfan ro'n i wedi'i ddiodde.

O fewn deng munud o gyrraedd adre, roedd Sarjant Ian Davies wedi galw. Roedd e eisie gwybod popeth ro'n i'n 'i wybod am Dilys a Rosco a Wynways Construction a llofruddiaeth Jackie. Do'n i ddim wedi bwriadu dweud popeth wrtho fe ond roedd cymaint o boen yn 'y mhen allen i ddim meddwl yn ddigon clir a chyflym i gofio beth o'n i wedi 'i ddweud wrtho fe'n barod, felly yn y diwedd fe ddwedais i'r cyfan, ie, y cyfan, y gwir, yr holl wir a dim ond y gwir, gan gynnwys fy ymweliad â'r hen ysgol a'r ffaith mai fi, mewn gwirionedd, oedd y cynta i ddarganfod corff Jackie.

Doedd y sarjant ddim yn hapus iawn i glywed hynny ac fe soniodd e rywbeth am rwystro'r heddlu gyda'u hymholiade a gwastraffu amser yr heddlu a sawl peth arall y galle fe ddwyn achos yn fy erbyn i gyda nhw, ond dan yr amgylchiade roedd e'n barod i anghofio amdanyn nhw. Yna fe ofynnodd ddwsine o gwestiyne a gwnes 'y ngore i'w hateb ond ro'n i'n ymwybodol bod yna fylche mawr yn fy ngwybodaeth. Ar ôl rhyw awr o hyn fe adawodd y sarjant, gan ddweud, braidd yn fygythiol ro'n i'n meddwl, y bydde fe eisie siarad gyda fi 'to.

Wedyn fe ddechreuodd Mam ffwsan gan gynnig pob math o bethe i fi fyta ac yfed ond pan ddwedais i mai dim ond llonydd ro'n i eisie fe adawodd fi i fod a rhoddais *The Big Sleep* yn y peiriant DVD a setlo lawr i'w gwylio. Er gwaetha Bogart a Bacall dyw'r ffilm ddim cystal â'r llyfr, ond ar ôl y cyfan ro'n i wedi bod drwyddo ro'n i dim ond eisie eistedd a gadael i'r stori olchi drosta i. Ac roedd Philip Marlowe ond newydd adael General Sternwood yn rhewi yng nghanol ei flode yn y tŷ gwydr pan alwodd Caryl a bu'n rhaid i fi droi'r sain lawr.

Fel dwi wedi 'i ddweud sawl gwaith o'r blaen, ma trafod pethe gyda Caryl yn help mawr i fi roi trefn ar fy meddylie, a'r tro hwn roedd hi hefyd yn gallu llenwi sawl bwlch yn 'y ngwybodaeth drwy ddweud beth roedd hi wedi bod yn 'i wneud ar ôl i Roli a Poli fynd â fi i weld Sarjant Davies.

Tra o'n i yn yr ysbyty roedd y sarjant wedi bod yn holi Caryl, ac o'r cwestiyne roedd e wedi'u gofyn iddi hi (a'r cwestiyne roedd hi wedi'u gofyn iddo fe, os dwi'n nabod Caryl) roedd hi wedi llwyddo i lenwi sawl bwlch yn 'y ngwybodaeth, yn enwedig pwy oedd William Morris.

'Ac roedd y Rosco Grant a'r William Morris 'ma yn ffrindie?'

'Oedden. A phan glywodd Dilys a Rosco fod William Morris wedi gadael Waun Ganol i Rosco yn ei ewyllys dechreuodd popeth. Yn ôl Sarjant Davies, Dilys oedd y tu cefn i'r cyfan a doedd Rosco ond yn gwneud beth roedd hi'n dweud wrtho. Dwi ddim yn credu ei bod hi'n hapus iawn fel athrawes.'

'Nagoedd hi?' gofynnais, wedi fy synnu.

'Nagoedd, wel, ddim yn ôl yr hyn ddwedodd hi wrtha i, beth bynnag.'

'O.' Ro'n i'n dal i synnu clywed Caryl yn dweud hynny. Beth alle fod wedi ei gwneud hi'n anhapus, meddyliais, ond cyn i fi gael cyfle i feddwl ymhellach roedd Caryl wedi bwrw ymlaen gyda'r hanes.

'Ac roedd Dilys yn gweld trafferthion Wynways Construction,

a'r ffaith mai hi a Rosco fydde'n berchen Waun Ganol, fel ffordd iddi allu roi'r gore i ddysgu.'

'Ond beth am ymgyrch Cymdeithas Amddiffyn Llys y Frân? Ro'n i'n meddwl ei bod hi'n aelod.'

'O, oedd, ond un peth yw egwyddorion, peth arall yw arian.'

Agwedd sinicaidd iawn, ond wedyn, beth fydden i'n 'i wneud pe bawn i yn yr un sefyllfa? 'A dyna pryd aeth hi at Wynford Samways?'

'Na, fe anfonodd hi Rosco i'w weld e. Roedd e'n adnabod Samways drwy ei waith fel cyfreithiwr ac roedd e'n gwybod bod Samways wedi treulio llawer iawn o amser ac wedi gwario llawer iawn o arian ar y cynllun i ddatblygu Llys y Frân a galle fe ddim fforddio rhagor o oedi.'

'A dyna pam anfonodd Samways Jackie i weithio i Margam Powell.'

'Ie.' Ac o un i un roedd 'y mhum cwestiwn yn cael 'u hateb. 'Fel roedden ni'n dau wedi dyfalu, Margam Powell oedd yn ymchwilio ar ran CALlyF. Ond yn ôl pob tebyg doedd yna ddim byd i'w ddarganfod; y fynedfa oedd yr unig rwystr i'r cynllun, ond gyda help Dilys a Rosco doedd hi ddim yn broblem bellach.'

'Ond beth am Jackie? Pam ga'th hi ei llofruddio?'

'A, wel, fel Dilys, a oedd wedi blino ar fod yn athrawes, roedd Jackie wedi blino ar fod yn ysgrifenyddes. Ac fel ysgrifenyddes i Samways roedd hi'n gwybod am broblem Llys y Frân ac mai Dilys a Rosco oedd perchnogion newydd Waun Ganol. Roedd hi hefyd yn gwybod na fyddai Dilys a Rosco am i neb arall, yn enwedig ei hen ffrindie hi yn CALlyF, wybod eu bod nhw'n barod i werthu Waun Ganol i Wynford Samways, felly dyma hi'n ...'

'Eu blacmeilo nhw!'

Nodiodd Caryl. 'Ie, yn ôl Rosco, roedd Jackie wedi cysylltu â nhw i ddweud beth roedd hi'n 'i ame am Waun Ganol a'i bod hi am gwrdd â nhw yn safle'r hen ysgol; roedd allwedd i'r adeilad gyda Jackie. Ond dim ond Dilys aeth a doedd hi ddim yn un hawdd i'w blacmeilo, yn enwedig gan un o'i chyn-ddisgyblion. Ac fel un o'i chyn-ddisgyblion, a oedd wedi clywed cymaint ganddi am gadwraeth yn ei gwersi ABCh, mae'n bosibl bod Jackie wedi dechre'i gwawdio hi a bod hynny wedi gwylltio Dilys a'i bod hi wedi colli'i phwyll a'i tharo. Falle nad oedd hi wedi bwriadu lladd Jackie ond dyna ddigwyddodd.'

Doedd gyda fi ddim llawer o gydymdeimlad â Dilys; do'n i ddim yn gwybod a oedd hi wedi bwriadu fy lladd i neu beidio, ond roedd hi bron â hollti 'mhen, ond allen i ddim llai na gofyn, 'Shwd ma hi?'

'Dwsin neu ddau o esgyrn wedi eu torri, ond mae hi'n dal yn fyw.'

'A beth oedd Samways yn ei wneud yn Lôn y Mynydd, beth bynnag?'

'Mynd i weld Dilys oedd e. Roedd Sarjant Davies wedi dod i wybod bod Jackie'n dal i weithio iddo fe ac roedd Samways wedi dechrau panico ac eisie rhannu 'i ofid gyda Dilys a Rosco.'

Nodiais. 'A Margam Powell, beth amdano fe?'

'Â'i draed yn rhydd. Fe ddwedodd y sarjant ei fod e eisie dy weld di; mae e am dy ...'

Ond do'n i ddim yn gwrando; roedd Philip Marlowe newydd ddarganfod corff Arthur Gwynne Geiger. Ar ôl profiade'r dyddie diwetha ro'n i'n gweld yr hen olygfa drwy lygaid newydd. Falle nad o'n i'n nabod Jackie nac yn gwybod fawr ddim amdani, ond yn bendant roedd hi wedi cael effaith arna i a fydden i byth yn 'i hanghofio.

# 52

A dyna ddiwedd achos y Jaguar glas tywyll.

Wel, na, ddim yn hollol. Ma pawb yn meddwl pan fydd y llofrudd yn cael ei ddal fod popeth drosodd; ond na, dim ond y dechre yw'r diwedd, os nad yw hwnna'n swnio'n rhy athronyddol i ti.

Ma sawl gwrandawiad llys i'w gynnal wedyn, ac ma'r heddlu, cyfreithwyr ac arbenigwyr diddiwedd eisie siarad â ti, heb sôn am y cyfrynge, y papure newydd, newyddion teledu a radio, rhaglenni dirifedi o *Wedi Saith* i *Taro Naw* – ar wahân i S4C ei hunan; dwi'n dal heb glywed dim oddi wrthyn nhw am wneud rhaglen o'r hanes – ac ma'r peth yn mynd mlaen am wythnose ac wythnose a'r cyfan rwyt ti eisie yw llonydd.

Ac yn achos y Jaguar glas tywyll ro'n i eisie llonydd i ysgrifennu hanes y Jaguar glas tywyll, ond pe bawn i'n gwybod bryd hynny beth dwi'n 'i wybod nawr, fydden i ddim wedi dechre. Comisiynwyr, cyhoeddwyr, gweisg, golygyddion, darllenwyr proflenni, arlunwyr, dylunwyr … a phob un yn teimlo bod rhaid iddyn nhw gynnig cyngor i ti, yn union fel petaen nhw'n ennill gwobr Llyfr y Flwyddyn bob dydd o'r wythnos.

Ond yr hyn oedd yn waeth na'r holl bobl hyn i gyd oedd y ffaith fod gyda fi nhw i gyd mewn un person: Caryl.

'Alli di ddim dweud "ar wastad fy wyneb".'

'Pam? Dwedest ti "ar wastad ei chefn"?'

'Ond ma hynny'n wahanol.'

'Pam mae e'n wahanol? Am mai ti ddwedodd e?'

'Nage.'

'Pam 'te? Roedd Dilys ar wastad ei chefn ar do'r car ac ro'n i ar wastad fy wyneb ar y llwybr. Beth yw'r gwahaniaeth?'

'Mae un yn briod-ddull gydnabyddedig dderbyniol ond 'dyw'r llall yn ddim byd ond bratiaith garbwl.'

'Enw da i grŵp,' medde fi gan drio newid y sgwrs, ond doedd hi ddim yn gwrando.

'A thra y'n ni'n sôn am dy arddull, yr holl dafodiaith rwyt ti'n ei defnyddio, y gollwng llythrennau a thorri terfyniadau.'

'Terfyniade?'

'Terfyniad*au*.'

Ac am yr hanner awr nesa fe ges i wers ramadeg arall ganddi.

Roedd Caryl hefyd wedi trio cynnwys rhyw ddarn ychwanegol yng nghefn y llyfr heb i fi wybod, ond alli di ddim twyllo rhywun sy'n meddu ar fy sgilie ditectif i. Yn anffodus, llithrodd un neu ddau o gopïe a darn ychwanegol Caryl ynddyn nhw drwy ddwylo'r cyhoeddwyr i'r siope. Os digwydd iti gael gafael ar un o'r copïe hynny, gwna ffafr â fi, paid â'i ddarllen e, jyst rhwyga'r tudalenne mas a'u taflu; dy'n nhw'n ychwanegu dim byd at yr hanes.

Ond dyna'r math o beth ro'n i'n ei wynebu am wythnose, ac yn y cyfamser ro'n i wedi 'nghael fy hun yng nghanol achos *Green-Skinned Gravy*. Ac os na newidith pethe glou, dyn a ŵyr pryd welith hanes hwnnw ole dydd.

# 34

Roedd Gethin a minnau'n eistedd yn y caffi uwchben y llyfrgell yn mynd drwy'r pentwr papurau roedd Stan Meredith wedi eu rhoi i ni.

'Mae hon yn sôn am y cais cynllunio,' dywedais, gan estyn y ddalen ar draws y bwrdd.

'A hon,' meddai Gethin, gan roi'r un roedd ef wedi bod yn ei ddarllen ar ben fy nalen hi. 'Ond pa un sy'n dod gynta?'

'Fe ddylen ni fod wedi gofyn i Stan eu hargraffu yn ôl dyddiad yn lle yn ôl pwysigrwydd,' dywedais, gan fynd drwy'r papurau oedd o'm blaen.

'Ti'n iawn. Ond fe allwn ni neud 'ny. All e ddim fod yn lot o ...'

'Beth?' gofynnais, gan edrych ar Gethin a oedd yn syllu dros fy ysgwydd i gyfeiriad drws y caffi. Fe ddechreuais innau droi i'r cyfeiriad hwnnw.

'Paid!' gorchmynnodd Gethin, ac er mai ei sibrwd wnaeth e, gwyddwn o'r olwg ar ei wyneb fod rhywbeth difrifol o'i le.

'Beth sy?'

'Ma plismon wedi dod mewn i'r caffi,' atebodd, gan ostwng ei ben dros y papurau ar y bwrdd.

'Wel?'

'Plismon fan hyn! Lle y'n ni! Ma'n rhaid 'i fod e'n chwilio amdanon ni.'

'Falle, ond falle fod 'na reswm arall pam ei fod e yma.'

'O, ie? Beth?'

'Am ei fod am gael rhywbeth i'w fwyta a'i yfed.'

'O ie, siŵr.'

Er gwaethaf rhybudd Gethin i beidio ag edrych, fe hanner troais fy nghadair fel y gallwn gadw llygad ar y plismon. Roedd e'n sefyll wrth y cownter yn siarad gyda'r wraig a oedd wedi gwerthu'r ddiod i ni ddeng munud yn gynharach. Roeddwn yn rhy bell i ffwrdd i glywed beth roedden nhw'n ei ddweud ond pe bai'n gofyn, 'Ydych chi wedi gweld bachgen a merch tuag un ar bymtheg oed, a'r bachgen yn edrych yn amheus iawn', fe fyddai hi'n siŵr o ddweud, 'Y ddau sy'n eistedd draw fan'na, chi'n feddwl?'

Ond doeddwn i ddim yn credu bod perygl i hynny ddigwydd ac fe droais yn ôl at y pentwr papurau, chwilio am yr adroddiad cyntaf a dod o hyd iddo bron ar unwaith.

'Dyma fe.'

'*Pwy?*' meddai Gethin gan neidio a gollwng y swp papurau oedd yn ei law. Llithrodd y dalennau ar draws y bwrdd a disgyn yn gawod i'r llawr.

Trodd y ddwy wraig a eisteddai wrth y bwrdd yn ein hymyl tuag atom. Daliai un fabi yn ei chôl ac roedd hwnnw'n amlwg am fynd i lawr i'r llawr i chwarae gyda Gethin.

'Na, na, na,' meddai'r wraig.

'Waaa! Waaa! Waaa!' sgrechiodd y babi ac fe drodd pawb yn y caffi tuag atom. Gan gynnwys y plismon wrth y cownter.

Sleifiodd Gethin o'i gadair ar ei bedwar i'r llawr a chasglu'r papurau. Roedd y babi yn dal i sgrechian ac yn straffaglu ym mreichiau ei fam. Gwenais a thynnu wyneb arno ac fe drodd yr wylo yn chwerthin.

'Popeth yn iawn, Gethin,' dywedais, ond pan droais i edrych tuag ato, doedd e ddim yno. Edrychais o gwmpas y caffi a'i weld yn sleifio drwy ddrws cyfleusterau'r dynion.

Chwarter awr yn ddiweddarach dyma fe'n ailymddangos gan geisio edrych mor ddi-hid ag y gallai.

'Mae e wedi mynd,' dywedais wrtho ar ôl iddo eistedd.

'O? Pwy?'

'Y plismon. Dim ond eisie prynu dwy *muffin* oedd e.'

Eisteddodd a chydio yn ei bentwr papurau. 'Wyt ti wedi dod o hyd i'r adroddiad cynta?'

Ochneidiais yn dawel i mi fy hun ac estyn y ddalen iddo.